ップ・ラッキー・ポトラッチ

奥田亜希子

U-NEXT

相田愛奈《あいだあいな》の将来の夢は、総理大臣になることだった。

小学生のころの愛奈はニュースを観るたび腹を立てていた。相田家のテレビは父親の意向で、朝は民放ではなくＮＨＫの番組を映していた。三歳下の妹が四年生になり、あたしも占いとか「きょうのわんこ」とか観たい、と訴え、妹に甘い父親がそれを受け入れるまでその習慣は続き、つまり、小学生の愛奈は納豆をかき混ぜたり口の端から歯磨き粉を垂らしたりしながら、国会や裁判所や避難所や事故現場や紛争地域の映像を毎日のように眺めていたことになる。そして、世の中は間違っている、と思った。偉い奴は総じてずるく、ずるい奴は概して得をしている、というようなことをなんとなく感じていた。愛奈は、味方がドッジボールで当たってないと嘘を吐いたときにも、私は見とったでね、と糾弾せずにはいられない子どもだった。

愛奈は四月二日生まれで、同学年の中では身体の成長が早かった。そして、苗字も名前も「あ」で始まる。それらの要素が愛奈の内面形成に小さくない影響を及ぼしていた。相田愛奈のイニシャルは「A．A．」だ。五十音順でもアルファベット順でも先頭にくる文字を、姓と名の両方に授かっている。ということは、いずれ自分は人々を導くような人間になる。そう信じていた。

だから、卒業文集に掲載される「将来の夢」に、愛奈は張り切って〈総理大臣〉と書きつけた。愛奈の筆圧は強い。HBの鉛筆で記した文字も、ゴキブリの羽のようにぎらぎら光る。この夢のことは、それまで誰にも話していなかった。話す相手も機会もなかったからだ。ようやく発表できることに満足して顔を上げたとき、隣席の沢井《さわい》にアンケート用紙を覗かれていることに気がついた。愛奈と目が合うと沢井は、無理だら、と鼻から息を吐いた。

「無理って、なにが？」

「相田さんは総理大臣にはなれんて。みんなに笑われる前に書き直したほうがいいと思うよ」

「無理じゃないよ。今の……ドイツの首相だって女の人じゃん。もしかして沢井くんは、女は総理大臣にはなれんって思っとる？　だとしたら、それ、差別だでね。そんな法律は、日本には、あ、り、ま、せ、ん」

愛奈は鼻を膨らませて応えた。誰かに笑われたらこう言い返してやる、と用意していたとおりの言葉だった。ほとんどつかえず言い切れたことに、脳内に生温かい液体が広がるような感覚に駆られる。ああ、気持ちいい。愛奈は陶然とした。明るい色のジャケットを着て、国会で重要なこと——具体的には思いつかないが、場を騒然とさせながらも完璧に筋の通ったこと——をびしっと発言する未来の自分の姿が頭に浮かんだ。

「そういうことじゃないだけど」

同学年の女子から、カミキくんに似とるよね、と愛奈の知らない芸能人にしょっちゅう重ねられている顔をしかめ、沢井は愛奈の夢にふたたび視線を向けた。沢井は勉強も運動も得意で、立候補者が自分のみだったときにしかクラス委員になれない愛奈とは違い、何度も他薦でその役に就いている。その年の卒業式でも答辞を読むことが決まっていた。そんな沢井のアンケート用紙にはやや右に傾《かし》いだ文字で、〈名古屋グランパスに入って日本代表に選ばれる!〉と書かれていた。

「相田さんさ、さっきの算数のテストで三十点取ってたじゃん。あ、言っておくけど、見ようと思って見たわけじゃないでね。相田さんが全然隠そうとしないから、俺は興味がないのに見えちゃったっていうか」

「うん」

「政治家って、みんな頭のいい大学を出とるら」

「大学?」

「東京の……難関大学っていうの? 東大とか早稲田とか、ああいうところ。政治家って英語も喋れんといかんし、いろんな予算も計算するだろうし、勉強ができなきゃ無理だら。だから、相田さんは政治家にはなれんと思う」

オットセイの鳴き声のような息を漏らし、愛奈は唸った。政治家の学力について思いを巡らせたことは、それまでに一度もなかった。人々の信頼を集めた者が選挙に勝ち、政治家になれるものと単純に考えていた。だが、沢井の言うとおり、政治家にも大学生だったころはあり、ということは、高校生や中学生、さらに遡《さかのぼ》れば小学生だったときもあるはずで、彼ら彼女らが教師の指名を受けて教科書を音読したり、分数の割り算は——どういうわけか——割る数の分母と分子を逆にして掛けることを教わったりしている場面を想像すると、不思議な心地がした。そもそも政治家も、自分と同じく、この世に誕生したときには赤ん坊だったのだ。言葉や金の使い方に外国の名前、話のごまかし方や戦争の始め方も、生まれたときにはまるで知らなかったはずだ。

「もちろん、相田さんが目指すのは自由だけどね。でも、ここは直したら？」

沢井は手を伸ばし、人差し指で愛奈のアンケート用紙をつついた。

「大臣の臣の字、巨大の巨になっとる」

再度、オットセイの鳴き声を発し、愛奈は一年生のときから使っている箱形のペンケースを手に取った。〈巨〉に縦線を加えようか、それとも「将来の夢」ごと書き換えようか、鉛筆と消しゴムの上で指が迷う。勉強ができなきゃ無理だら、という沢井の言葉に同意したくはないが、一理あるような気はする。確かに政治家には頭を使う機会が多いだろう。そして、自分は勉強ができない。九九の七の段の終盤はいまだに勘で乗り切っている。英語が喋れるようにも、きっとならない。

「そろそろ集めるでねー。書けた人から先生のところに持って来りんよー」

担任の声がして、愛奈は消しゴムを摑んだ。


あのとき自分は〈総理大臣〉を消して、なにを書いたのだったか。

愛奈はスマートフォンから指を離し、天井を見つめた。シーリングライトの端から垂れた紐が、かすかに揺れている。トイレに立った際に頭頂部が触れたのだ。愛知県の豊橋《とよはし》市から上京し、ワンルームのアパートで一人暮らしを始めて三年が経とうとしているが、愛奈はまだこの引き紐に頭をぶつけている。円を描くように揺れる紐の先には、前の住人が取りつけたらしい、色褪せた猫のマスコットがぶら下がっていた。

その動きを目で追っているうちに、記憶の底から浮かび上がってくる単語があった。なでしこジャパン。そうだ、〈なでしこジャパンの選手になる！〉と書いたのだ。学年屈指の運動音痴だったにもかかわらず、あの瞬間、総理大臣に代わり思いついた夢はそれだけだった。急いで記入し、担任に提出して席に戻ると、相田さんって、前に体育のサッカーで普通にハンドしとったよね、と沢井に呆れられた。誰だって最初は初心者じゃん、と愛奈は反論した。

この「将来の夢」がきっかけで、それまで「レンケツ」だった——左右の眉毛が繋がりそうだったことからついた——愛奈のあだ名は、中学校に入ってしばらくして「なでしこ」に替わった。どんなふうに話が伝わったのか、女子サッカー部から勧誘を受け、体験入部に加わったこともある。ミニゲーム中にパスが一本すうっと通り、あ、楽しいかも、と愛奈が正式入部を検討し始めた直後、部長から、相田さんには文化部のほうが合ってるかもね、と微笑まれた。

あれから、十四年。

中学が三、高校も三、短大が二で……と過ぎ去った年月を指を折って数えたのち、愛奈はスマートフォンに視線を戻した。指紋でロックを解除した画面には、求人サイトが表示されている。ITエンジニア、法人営業、事務、店舗運営、商品検査スタッフ。今、住んでいる台東《たいとう》区に勤務地を絞っても、検索結果は千件に近い。リモートワークやウェブ面接の単語に、新型コロナウイルスの影響を感じた。

新型コロナウイルスの感染者が国内で初めて確認されてから、一年と二ヶ月が経った。年明けに発令された二度目の緊急事態宣言は、東京都では三月二十一日まで延長され、飲食や観光に携わる人たちが、もはや悲鳴とも呼べないかすれた声を上げている。仕事のことで苦しんでいるのは、サービス業に就いている人間だけではない。シフトが減らされたり、仕事を辞めさせられたり、子どもの学校の臨時休校をきっかけに退職せざるを得なくなったり、内定が取り消しになったり、精神的な疲れから働けなくなったり。愛奈はスマートフォンから視線を外し、むふう、と鼻から息を吐いた。酪農家は生乳の廃棄を迫られ、医療従事者は家に帰れず、宅配業者は激務で、誰も彼もが苦しんでいる。そう思うと、いっそう大きな鼻息が出た。鼻水も少し出た。

サッカー選手になれなかった愛奈は、高校を卒業後、豊橋市内の短期大学に進み、保育士になった。三年間は地元で働き、上京したのは二十三歳の三月のこと。ペットボトルのキャップを巡って勃発した五歳児の争いを機に、もともとうまくいっていなかった同僚との関係が修復不可能の域に達し、退職ついでに地元を離れることにしたのだった。愛奈は車の免許を持っていない。普通自動車運転免許（AT限定）の仮免許技能試験と卒業検定に、惜しくもない結果で二度ずつ落ち、取得を諦めた過去を持っている。新卒で採用された保育所は、実家から自転車で十分、市電に乗り換えて二十分、徒歩でさらに十五分の場所にあり、特に雨の日の通勤には苦労した。そのことが愛奈の上京を後押しした。東京に行けば、二度と運転免許のことで悩まなくていいように思えた。

私、東京に行く、と告げた愛奈を両親はあっさり受け入れた。母親は、あんたはとめても無駄だら、と愛奈が高校を欠席して東日本大震災の被災地ボランティアに参加した話を持ち出し、父親は、国内でまだよかったと思えるな、と苦笑した。妹は、あたしも東京の大学に行きたかったのに、お姉ちゃんだけずるい、とふてくされたが、愛奈が、私は自分の貯金で引っ越して、自分の給料で生活するだでね、と反論すると、浪費家の彼女は黙った。

そうして転職を果たした台東区の認可外保育所も、二ヶ月前に辞めた。次は保育士以外の仕事もありかもしれない、と閃き、ときどき求人サイトにアクセスしてはいるものの、どの募集要項も心に響かない。愛奈はブラウザを閉じて伸びをした。六帖程度の洋間の隅には、一口ガスコンロと流しが並ぶだけの小さなキッチンがある。その水道からグラスに水を汲んだ。蛇口の先には、百円ショップで購入した節水用のヘッドが嵌《は》まっている。水を流すたびに揺れるそれを果実をもぐように外し、取りつけ口を確かめた。サイズが微妙に合っていないような気がする。だが、これは同じ商品の三代目で、一、二代目は問題なく使えていた。愛奈は首を傾げ、ふたたび装着した。

求人サイトには、ひとまずブックマークしておきたい情報すらなかったが、焦る気持ちは皆無だった。健康な心と身体を持つ一人の成人として、当然、いずれは再就職したいと思っている。愛奈は納税に誇りを覚えるタイプの人間で、勤労意欲は涸れることを知らない。しかし、急いで転職活動するつもりもなかった。保育士に戻る可能性も含めて、今後の道はじっくり考えたい。幼稚園教諭の一種免許を取ることにも興味があった。

愛奈は首を回してコリをほぐし、グラスの生ぬるい水を飲み干した。

相田愛奈の銀行口座には、約二億円が入っている。

緊急事態宣言が明けた週の平日、愛奈は上野公園に向かった。上野公園は愛奈が暮らすアパートから自転車で十分ほどの場所にあり、運動がてら、ときどき園内を散歩している。今日は暖かく、マスクに覆われた顔の下半分が蒸し暑い。約一週間前に開花が宣言された桜は、ほぼ満開の状態だった。

きれいねえ、本当ねえ、と言葉を交わしながら、前を行く七十代くらいの女性たちがスマートフォンのレンズを桜に向けている。時節柄、宴会は禁止で、愛奈も一方通行の指示に沿って桜を眺めた。背後の男性は、花見は規制して、オリンピックをやるってのは筋が通らねえよな、と皮肉を吐いている。ですよね、と愛奈が同意しそうになったとき、やや強い風が吹いた。花びらが宙に舞い、無数の白が視界を流れていく。本物の桜はピンクよりも白に近い。愛奈は毎年そのことに驚いているような気がした。

愛奈は最近までマリーゴールドを知らなかったほどに植物に興味がないが、社会人になってから、桜は少し特別な花になった。桜は春の象徴だ。出会いと別れを連想させる。卒園や入園はもちろん、春は転園する子どもも多く、彼ら彼女らをどのように送り出し、どのように迎え入れるか、この時期の保育士は普段以上に大わらわだった。ピンクの色紙を切り貼りして、今までにいくつの桜を教室に飾っただろう。散歩カートに子どもたちを乗せて公園まで花見に行くこともあり、愛奈は旋回しながら舞い落ちる花びらに伸ばされた小さな手や、春の日差しを受けて光る涎《よだれ》を思い返した。

　保育士の仕事は好きだった。乳幼児には先入観がない。自分の言葉が澄んだまなこにすうっと吸収されていくさまには、毎度感動を覚えた。子どもたちのめざましい成長を見守るのも楽しかった。だが、いつだって同僚と、あるいは保護者と揉めた。愛奈はたとえ二歳児であっても、暴力や嘘、ずるやルール違反を看過しない。愛奈先生は厳しすぎる、と同僚に忠告されても聞き入れなかった。去年の秋に、年少から年長までのマスク着用が決まると、鼻が出ていたり顎までずれていたりする子どもを見つけては、せっせと直した。保護者から、かえって子どもがマスクを嫌がるようになったんです、と苦情を受けたときには、正しく着けなければ意味がないので、と言い返した。

噴水の前で水筒の水を飲み、上野公園には四十分ほど滞在した。駐輪場から自転車を出し、サドルに跨がる。愛奈の自転車は真っ黄色のシティサイクルで、色のせいか、リサイクルショップでも特別に安く売られていた。同僚からも何度となくからかいの言葉を浴びせられたが——私が今まで見たもののなかで一番黄色いです、黄色オブ黄色、五百メートル手前でも愛奈先生だって分かりました、など——見るだけで元気が出るような気がして、愛奈自身は気に入っていた。

歩道と車道の区別がある道は車道の左端を進み、信号が黄色に替われば、渡れそうなタイミングでも必ずとまる。愛奈はそういう運転をする。ロードバイクに乗ったフードデリバリーの配達員から、とろいんだよ、と追い越しざまに舌打ちされても気にしない。正しいことはなにより強いと信じている。少し遠回りをして、スーパーマーケットに寄った。特売品を中心にカゴに入れ、レジで支払う。七百円近い釣り銭は、サッカー台の募金箱にすべて納めた。

その店から歩いて二分のところには、銀行の出張所がある。愛奈はついでに通帳記入をすることにした。ジジジ、と通帳に印字される音は、まるで小鳥のさえずりのよう。愛奈はうっとりと耳を澄ませた。中を確かめるのは家に着いてからにしようと思っていたが、外に出ると同時に我慢できなくなり、結局、電柱の陰で通帳を開いた。ぐふっ、と含み笑いが漏れる。愛奈はリュックサックの内ポケットに通帳をしまうと、来たときの一・一倍の速さで自転車のペダルを漕いだ。

ただいまあ、と102号室のドアを開け、まずは手洗いとうがいをする。保育士だったときの習慣で、爪の中や手首まで洗った。着用していた不織布のマスクは捨て、買ってきた食品を冷蔵庫や戸棚に入れる。それから改めて通帳を開いた。残高照会はオンラインでも可能だが、愛奈は通帳で確認するほうが好きだ。百万円単位の出金がずらりと並ぶさまに、思わず頬が緩んだ。募金は愛奈の長年の趣味だ。子どものころは母親に頼み、自分のお年玉や小遣いを日本赤十字社やユニセフに振り込んでもらっていた。だが、保育士は薄給で、特に上京して以降は、募金箱に十円玉を落とすことにも躊躇を覚えるようになった。今、あちこちの福祉施設やNPOに大金を振り込んでいるのは、その三年間の反動もあるかもしれない。児童養護施設に、一人親家庭を助けている団体に、コロナ禍の煽りを食ったミニシアターや小劇場を応援するクラウドファンディング。支援先には事欠かなかった。

「ぐふっ。ぐふふふふ」

食パンに特売で買ったイチゴジャムを気持ち多く塗り、おやつに食べると、愛奈は床に倒れた。ページの先頭に九桁の金額が印字されている通帳を掲げ、ほあー、と叫ぶ。


愛奈が宝くじに当たったのは、三ヶ月前のことだった。

その日も愛奈は夜の七時に退勤した。新型コロナウイルスの影響で、勤め先の認可外保育所に通う子どもの数は、半分にまで減少していた。親の仕事がリモートワークになったからとか解雇になったからとか、理由はさまざまで、施設内を徹底的にアルコール消毒するという業務が増えてなお、職員の平均退勤時間は早まっていた。愛奈は保育所が入っているビルを出ると、ドラッグストアに向けて自転車を漕いだ。家のトイレットペーパーのストックがあとひとつで、今日は絶対に買って帰ると決めていたのだ。

店頭に積まれていた商品から最安値のものを選び、レジに並んだ。この春、紙類が品薄になるらしいとデマが流れ、トイレットペーパーを手に入れるのに苦労したことがもはや懐かしい。あのときは、職場のトイレットペーパーの減りが速くなり、誰かが自宅用に持ち帰っているのではないかと同僚のあいだでも噂になっていた。愛奈は犯人を突きとめたかったが、その思いが叶わないうちに紙類の供給は安定した。ずり落ちそうになっていたトイレットペーパーを抱え直し、今、自分は歴史的な出来事の真っ只中にいるのだろうと愛奈は考える。学生時代に教科書で見た、人々がトイレットペーパーを巡って押し合いへし合いするオイルショック時の写真の光景を、まさか身近に感じる機会が訪れるとは思ってもいなかった。

「店の前で抽選会やってますので、よかったらどうぞー」

レジの店員から、釣り銭と共に福引補助券を一枚渡された。壁に貼られていたポスターを見ると、福引補助券が十枚で一回、昔ながらのガラガラ回る抽選器を回せるらしい。コロナに負けるな、という趣旨のようだ。そういえば、と愛奈は財布の中を確かめた。先週、ポイント十倍デーに日用品をまとめ買いしてもらった券が、レシートのあいだに挟まっている。それでも七枚しかない。しかも、抽選会は今日が最終日だ。

愛奈が諦めたとき、ちょっと、おねえちゃん、と後ろから呼びかけられた。

「これな、おばちゃんが使われへんかったぶん。おねえちゃんにあげるわ。足しになるかは分からへんけど」

振り返ると、丸顔で小柄な六十代ほどの女性が立っていた。マスカラを塗りたくった睫毛のせいか、双眸《そうぼう》が不気味な迫力を放っている。花柄の布マスクも異様にカラフルだ。思わず半歩後ずさる。ほら、と女性は福引補助券をひらつかせた。その数、ちょうど三枚。ああっ、と愛奈は一転して前のめりの姿勢で近づき、いいんですか、と券に手を伸ばした。二等の景品である電気たこ焼き器に、愛奈は昔から憧れていた。

「いいもなにも、こんなん後生大事に持ってたところで鼻もかめへんからな」

女性は豪快に笑った。愛奈は礼を言って福引補助券を受け取った。そうして、手を消毒してから回した抽選器で、四等の商品券二千円ぶんが当たったのだ。昔からくじ運はめっぽうよかった。小学校時代に担任教師から届いた、その年唯一の愛奈宛ての年賀状で、お年玉付年賀はがきのふるさと小包を当てたこともある。今回、たこ焼き器は外れたが、商品券も充分ありがたい。愛奈はさっそくストックを切らしていた風邪薬を購入した。

　福引補助券をもらった二週間後、愛奈は大通りを歩いていて、聞き覚えのある声に足をとめた。原色で描かれたポスターやのぼりに、商品を紹介する元気なアナウンスと、軽快な音楽。景観に馴染む努力を放棄したような小屋の中から、威勢のいい関西弁が聞こえてくる。愛奈はアクリル板の向こうに、あの花柄マスクの女性を見つけた。それまでにもこの道は幾度となく通っていたが、ギャンブルに興味のない愛奈は、宝くじ売り場の存在すら認識していなかった。彼女に一言、福引補助券の礼を伝えたい。悩んだ末、窓口に並ぶことにした。

「なんや、おねえちゃん、若いのにえらい義理堅いなあ」

　愛奈の出現に、女性はまたも大声で笑った。彼女のエプロンには〈千石《せんごく》〉の名札が着いていた。愛奈はおすすめの宝くじを尋ね、自分で数字を選ぶタイプのものを三口購入した。この程度では売り上げに貢献できないだろうが、並んだ以上、なにか買うのが筋だと思ったのだ。くじの数字は、自分の生年月日と実家の電話番号、保育士試験の受験番号をもとに決めた。

その三口のうちの一口が、二億円に化けたのだ。

換金の際に銀行員から渡された高額当せん者用の冊子には、すぐには仕事を辞めないよう書かれていたが、愛奈は直ちに退職に向けて動き出した。コロナウイルスの厳戒態勢中に、恋人と旅行に行った同僚を職員会議で追及したことで、またしても職場に軋轢を生んでいたからだ。解せないのは、旅行した彼女に味方する人間のほうが多いことだった。交際一周年記念に恋人の両親への挨拶を兼ねて車で静岡に行ったことの、なにがそんなに悪いのか。愛奈は数人から責められたが、保育士には子どもを守る責任がある。不要不急の外出は避け、人との接触も最低限に留めなくてはならない。政府の策であっても、保育士はGo To トラベルやGo To Eatとは無縁であるべきだ。愛奈は一度目に緊急事態宣言が発令されたときから、外食も避けていた。

だから、あの職場を辞めることに迷いはなかった。愛奈は銀行の帰りに百円ショップで無地の封筒と便せん、筆ペンを買うと、退職届をしたためた。封筒に書きつけた〈退職届〉の三文字は、ひとつが小籠包くらいの大きさになったが、構わず所長に提出した。預かる子どもの数が減り、パートタイム保育士のシフトを削らざるを得ない状況において、愛奈の申し出は救いの手も同然だったようだ。正直助かる、と所長は動機も訊かずに、白髪が七割を占めるおかっぱ頭を下げた。

こうして愛奈は大金と引き換えに無職になった。

愛奈は仕事を辞めてからも、朝七時には起床している。スマートフォンのアプリでラジオを聞きながら——上京時にテレビは買わなかった——朝食を摂り、洗濯機を回し、掃除を済ませたのち、インターネットにアクセスする。新たな支援先を見つけるためだ。ぴんとくる団体があれば、責任者の経歴や活動報告に目を通し、分かったような顔で頷いているうちに昼が来る。昼食後は天気次第で散歩に出かけ、夜、時間があるときには保存食を作ったり棒針編みをしたりする。どちらも一人暮らしを始めてから手を出した趣味だ。おかげで日々に倦んだことはなく、心も身体もすこぶる健康だった。

今日は、医療従事者を支援するプロジェクトに、ネットバンキングを利用して二百万円を振り込んだ。愛奈は昼食に納豆うどんを食べると、ふたたびスマートフォンを手に取った。二回目の緊急事態宣言が解除され、一ヶ月が経とうとしていた。愛奈は新型コロナ禍の中、二度目の誕生日を迎え、四月も半分が終わった。だが、依然として新型コロナウイルスの流行が落ち着く気配はなく、東京都知事は早くも国に三度目の緊急事態宣言を要請している。愛奈は歯のあいだに挟まったネギを取り除こうと舌を駆使しながら、ニュースアプリを開いた。途端に〈保育士〉という文字が目に飛び込んできて、反射的にタップする。それは、コロナ禍における保育士の苦悩を特集した記事だった。愛奈が四ヶ月前まで勤めていた認可外保育所のように、子どもの数が減少している施設がある一方で、保育士の人手不足に悩んでいるところもあるという。消毒や、密を回避するための施策が職員の負担になっているらしい。〈いつかうちの園で集団感染が発生するんじゃないかと思うと怖いです〉と、記事は匿名保育士の弁で締められていた。

「ほーら、ほらほらっ」

まともな保育士はこうなのだ。常に最悪の事態を想定し、プレッシャーと戦っている。愛奈は元同僚の旅行の一件で、初めて自分の味方を得たような気持ちになった。だから言ったじゃん、と叫んだ拍子に口からネギが飛び出し、木目調のテーブルに落ちる。愛奈はそれを口に戻すと、Twitterにアクセスした。フォローしている人たちのことを久しぶりに思い出したのだ。

〈子どもたちをばらばらに座らせた状態で食事介助って無理すぎる〉

〈朝は元気だったんですって、絶対嘘じゃん。体調不良に気づかないふりして子ども預けるのほんとやめて〉

〈またシフト減らされた。我が子の保育料で私の給料ほぼ消えるんだが〉

〈つみきとかブロックをひとつひとつ消毒してると気が狂いそうになる〉

〈毎日やめたいから毎秒やめたいに進化した。いや、退化かも〉

タイムラインに表示される言葉の半分以上が、愚痴か文句か弱音だった。愛奈はアカウントを社会人二年目に作り、保育士を名乗る人物を中心にフォローしていた。当初は愛奈も〈らぶ先生〉として思いの丈を呟いていたが、自分だけ無人島にいるような錯覚に陥るほど反応がなく、次第に情報収集ツールとしてのみ利用するようになった。フォローする保育士には、仕事に誇りを持っている人ばかりを選んでいたはずが、新型コロナウイルスの勢いが拡大するにつれ、様相は変わった。しばらく見ないうちに、フォローしていた人の数も減っている。タイムラインから消えた人は皆、保育士の職を辞し、アカウントを削除したのかもしれなかった。

愛奈はタイムラインを遡り、途中、〈メイシャン先生〉のアイコンに指をとめた。頭にピンクのリボンをつけた黒い豚のイラストが、〈子どもたちに疲れた顔を見せないようにするのが一番疲れる〉とツイートしている。メイシャン先生は、フォロワーの数が五千を超える、人気の保育士アカウントだ。壁面装飾の作り方や、食事やトイレ介助の工夫点などの実用的な呟きのほか、自身の保育士哲学のようなものをたびたび披露していた。愛奈もまた、〈子どもが苗だとしたら、おうちは大地で、おうちの人から注がれる愛情こそが水。保育園の先生は肥料みたいな、あくまでプラスアルファの存在じゃないかな〉とか、〈あんなに笑ってたのに、泣いてたのに、みんな、保育園であったことのほとんどを大人になるまでに忘れてしまう。でも、先生は忘れないよ。先生は大人だから〉といった発言に感銘を受けた一人だった。

保育士は自分の天職だと言って憚《はばか》らなかった、あのメイシャン先生までもが精神的に参っている。愛奈は愕然とした。まだ完全には信じられない思いでアイコンの黒い豚をタップする。メイシャン先生が変わってしまったいきさつを知りたかったのだ。メイシャン先生のページは、アイコンと同じ黒い豚が二十数匹の子豚に囲まれ、嬉しそうに微笑むイラストをヘッダーに設定している。これは前に見たときから変わらない。しかし、ツイート欄の一番上に固定されていたのは、投稿日が二ヶ月前の、愛奈が初めて目にする呟きだった。

〈夫が解雇され、生活が苦しくなりそうです。よかったらお願いします〉

文章の下には、Amazonのほしい物リストのリンクが貼られていた。先日寄付した動物愛護の団体が支援プログラムの一環として活用していたため、これがどういうものかは愛奈も知っていた。ユーザーがほしい商品を登録して作るリストの一種で、この機能を使えば、贈る側ももらう側も本名や住所を伏せたまま、プレゼントをやり取りできる。だが、これを個人的に活用している人がいるとは思いも寄らなかった。社会活動に励む団体が、無駄なく物資を受け取るためのシステムだと思い込んでいた。

自分もメイシャン先生に贈りものをしたい。愛奈はリンク先をチェックした。メイシャン先生のほしい物リストに掲載されていたのは、シャンプーやトリートメント、ペットボトル入りのミネラルウォーターなどの日用品が大半を占めていた。〈生活が苦しくなりそうです〉という先のツイートを思い出し、愛奈は胸が苦しくなる。保育士の給料で家族を養うのは大変だろう。せっかくだから、と一番値の張る商品をプレゼントすることにした。

それは、男性K-POPグループの初回限定版Blu-rayボックスだった。

発売日は二ヶ月後の六月下旬で、フォトブックにアクリルスタンド、Tシャツにリストバンドのほか、本編とは別にメンバーのインタビューとメイキングを収録したディスクがついてくるという。しかも、箔押しの化粧箱入り。確実に日用品ではないそれは、ほしい物リストの最後尾に居心地悪そうに載っていた。メイシャン先生の、とりあえずリストに加えただけです、という引け目を感じる。だが、メイシャン先生がこれを一番に欲しているのは明らかだった。愛奈がフォローする前から、メイシャン先生はこのK-POPグループのファンであることを公言していた。初回限定版Blurayボックスが届けば、メイシャン先生はきっと喜び、元気が湧くだろう。愛奈はほしい物リストから人にものを贈る方法を調べ、手続きを進めた。

それまで愛奈が人にプレゼントしたもっとも高価なものは、初任給で母親に買った人工ダイヤモンドのネックレスだった。今回、メイシャン先生に贈るBlu-rayボックスの値段は、その約三倍、二万九千八百円だった。

会ったことも話したこともない、本名も顔も知らない個人を自分の一存で支援できる。その事実は愛奈にとって、大きな発見だった。メイシャン先生のもとにBlu-rayボックスが届くよう手配したときの達成感が忘れられず、Twitterで〈ほしい物リスト〉と検索し、リストを公開しているアカウントの中から生活に困難を抱えていそうな人を見つけては、なるべく高価なものをプレゼントするようになった。例えば、十キロの白米を贈った。三十本入りの野菜ジュースを、十二個入りのカップ麺を贈った。紙おむつや粉ミルクや瓶入りの離乳食も贈った。USBマイクにドライヤー、スマートウォッチやゲームソフトも贈った。いずれも相手は見ず知らずの人だ。

数日後に、贈られた側の反応を確認するのは、なによりの楽しみだった。皆、自分の語彙のかぎりを尽くし、思いの丈を表現しようとする。愛奈はプレゼントには名前もメッセージも添えなかった。そのほうが格好いいと思ったからだ。受け取った人物はまず、自分がうっかり購入ボタンをクリックしたのではないかと疑い、それからほしい物リスト経由でやって来たことを確信して、喜びを爆発させる。この感情の放物線が美しい。〈神〉〈奇跡〉〈泣いた〉〈嬉しすぎて死ぬ〉〈生きててよかった〉というツイートを見つけるたび、愛奈は恍惚とした。それまでにも寄付した団体から感謝のメッセージが届くことはあったが、個人が発信する言葉に比べればあっさりしているのは否めなかった。愛奈は自分が人の役に立っているという快感に、冬の朝、我慢していた尿を勢いよく排出したあとのように震えた。

六月に入ってすぐの夜、豊橋の母親から電話があった。編みもの中だった愛奈はスピーカーで対応し、元気か、仕事は順調か、周りに新型コロナウイルスの陽性者はいるのか、との問いに、肯定、肯定、否定の順に答えた。愛奈は宝くじが当たったことや仕事を辞めたことを実家に報告していなかった。高額当せん者用の冊子にあった、伝える相手は慎重に選ぶべし、という教えに従っていた。銀行員によると、大金を巡る肉親間のトラブルは決して珍しくないそうだ。自分の親が娘の金に目の色を変える姿は思い浮かばなかったが、妹のそれはありありと想像できる。彼女に金を貸して、返ってきたことは一度もない。周囲には内緒にと約束を交わしたところで、妹は必ずそれを破るだろう。愛奈の妹に対する信用は、もはや毛糸の切れ端よりも軽かった。

「ああ、それで、忍《しのぶ》ちゃんに佳代《かよ》経由であんたの連絡先とアパートの住所を知らせたから」

近所に住む愛奈の祖父母が一回目のワクチン接種を終えたこと、どちらも副反応は軽かったこと、この状況で東京オリンピックとパラリンピックができるとはとても思えないことを矢継ぎ早に述べたのち、母親は閃いたような口ぶりで忍の名前を出した。だが、それこそが本題らしかった。

「忍ちゃんに？　なんで？」

「佳代から訊かれたじゃんね。なんでも忍ちゃんが愛奈に会いたがっとるらしいよ。

まだ連絡ない？」

「ないけど……。分かった。待ってみるわ」

愛奈は編みものの手をとめ、通話を切った。編み目が外れないよう棒針にキャップを嵌め、やや寄り目で宙を睨む。最後に忍と会ったのは何年前だろう。顔が思い出せない。忍は同い年の従姉妹《いとこ》で、母親の妹である佳代の娘だ。叔母一家も豊橋市内に暮らし、愛奈と忍は同じ中学校に通っていたが、親族が集まる場以外で言葉を交わしたことはほとんどなかった。小学六年生の正月に、中学校ですれ違っても絶対に喋りかけんでよ、あんたと従姉妹だって知られたら人生が終わる、と釘を刺されていたからだ。同級生の中で、相田愛奈と古坂《こさか》忍が親戚だと知っていた人は、おそらく片手にも満たないだろう。

高校を卒業後、忍はアルバイト先も決めないままに上京した。ファンだった男性アイドルをさらに熱烈に応援するためだ。忍は昔から地方でアイドルを応援することの難しさに憤っていて――コンサート遠征の交通費がえぐい、都心でしかやらないイベント多すぎ、全国ツアーで名古屋スルーされがち――自分はいつか必ず東京に行くのだと宣言していた。その望みを叶えてから正月の集まりにも顔を出さなくなり、ということは、約十年、会っていない計算になる。三年前、愛奈が東京で転職することを両親に反対されなかったのにも、忍の上京が微妙に関係していた。東京に行くなら、ときどき忍の様子を見に行ってほしいと頼まれていたのだ。だが、台東区と新宿区は親が考えるほど近くはなく、いつアパートを訪れても忍は留守で、そのうちに同郷の従姉妹が都内に住んでいること自体を思い出さなくなっていった。

愛奈は水道の水を飲んだ。久しぶりに人と話して口の中が渇いていた。相変わらず不安定に揺れる節水用ヘッドを蛇口に押し込んだとき、インターホンが鳴った。宅配便だろうか。まれにクラウドファンディングの返礼品が届くことがある。ドアに向かって、はい、と声を張り上げた。

「私だけど、愛奈だよね?」

「え、あ、忍ちゃん?」

マスクを着けるのも忘れ、急いでドアを開けた。すると、フリルで飾られた黒いトートバッグを肩に提げ、ピンクゴールドのキャリーカートを携えた忍がアパートの廊下の照明に顔を歪めて立っていた。久しぶりの再会に、ああ、そうだ、こんな顔だった……か？　と愛奈は内心で首を捻る。忍は目の大きさが倍になったかのようだ。ただし、小柄な背丈と、華奢な骨格に負担をかけているような豊かな胸は記憶のとおりだった。

「ちょうど今、うちのお母さんから電話があって――」

「それなら話が早いわ。しばらく世話になるね」

言うなり忍は愛奈を押しのけ、汚れたスニーカーを脱いだ。

「世話になるって？」

「伯母さんから聞いたんじゃないの？　私、二年くらい前から友だちとルームシェアしてたんだけど、家賃が払えなくなって、部屋を追い出されたの。だから、しばらく泊まらせてもらうね」

「どこに？」

「ここに」

「忍ちゃんが？」

「その呼び方やめろって、昔から何回も言ってるよね」

忍に鋭い視線で刺され、愛奈は子どものころ、どうしてぶすのあんたが「愛奈」で私が「忍」なの、とトランプを箱ごと投げつけられたことを思い出した。

「つまり、しーちゃんがうちに泊まるってこと？」

「そう」

「あ、そうなんだ」

いいとも嫌だとも思わなかった。困っている人の力になるのは、人として当然だ。愛奈が頷いているうちに、忍はキャリーカートを三和土《たたき》に残して部屋に上がった。なんにもないね、とあたりを見回してあぐらをかき、むしるようにベージュのマスクを外す。忍の指摘どおり、愛奈は部屋に必要最低限の家具しか置いていなかった。ベッドすらなく、毎日布団をたたんだり広げたりしている。六帖のワンルームを少しでも有効に使うためだ。

「さすがに布団を使わせろとは言わないから、安心して……っていうか、なにあの猫。死ぬほどださいんだけど。あと、あれは毛糸？　あんた、編みものなんてやるんだ。

なに作ってるの？」

忍はまずシーリングライトの紐にくくられたマスコットを指差し、それからテーブルの上を顎でしゃくった。作っとるっていうか、と愛奈は棒針と毛糸を手に取る。どちらも百円ショップで購入したものだ。オレンジのアクリル毛糸は、その時点でハガキ程度の大きさまで編まれていた。

「ネットで編み方を調べて、編んでほどくのを繰り返しとる」

「へえ、練習ってこと？」

「練習もあるけど、ほどけば毛糸が何回でも使えるじゃんね。なにか作りたいわけじゃなくて、ただ編みたいだけだから」

ひとつの編み方を繰り返しているあいだの、音のない世界に潜り込んだような感覚が愛奈は好きだった。特に働いていたころは、十分でも編みものをしてからのほうがよく眠れた。このオレンジの毛糸もすでに二十回ほど使用し、繊維は雨に濡れた犬のようにけばけばしている。編みにくいが、まだ使えた。

「……さすがだわ」

忍が呆れたように首を振った。

「あんたのどういうところを嫌いだったのか、会って数分で思い出させてくれた」

「お金がかからんくて、結構いい趣味だと思うけど」

愛奈は編みもの道具をまとめている紙袋に棒針と毛糸を戻した。忍の言葉がきついのは昔からで、もう慣れている。また、嫌いだと言うわりに、会話の口火を切るのはいつも忍からだった。裾をレースで縁取った淡いピンクのワンピースや、美術に5の評価がついた通知表や、ひとつ年上の男子から告白されたときのメールや、好きなアイドルの雑誌の切り抜きを突きつけ、忍はよく得意げな顔をしたものだ。大抵の場合、忍の自慢に羨ましく思うところはなかったが、それでも愛奈は耳を傾けた。もっと幼いころに素っ気ない対応をして激怒されて以来、忍の話はちゃんと聞いたほうがいいと学んでいた。

「なにそれ。推しで破産しかけてる私に対する嫌み?」

「あ、しーちゃん。外から帰ってきたときは、必ず手洗いとうがいをしてね。あのドアの向こうがユニットバスで、洗面台もあるで」

愛奈はクリーム色のドアを指差した。忍は肩を落とすように息を吐くと、分ーかーりーまーしーたー、と言い捨て、億劫そうに立ち上がった。

その晩、忍は夜遅くまでスマートフォンをいじっていたようだ。翌朝、愛奈が起きたときには、キャリーカートから引っ張り出したらしい冬用のコートを身体にかけ、壁にもたれて眠っていた。愛奈が洗濯機を回しても掃除機をかけても、忍の瞼は開かない。愛奈は忍の寝顔に視線を配りつつ、今日もほしい物リストから三人に贈りものをした。

忍が目を覚ましたのは、午前十一時過ぎだった。しーちゃん、おはよう、と愛奈は声をかけた。忍は充電器に繋がっているスマートフォンで時刻を確かめると、あんた、仕事は？　と半分も開いていない目をこすった。

「あ、私、今、仕事してないじゃんね」

「は？　保育士、辞めたの？」

忍は壁から上半身を勢いよく起こした。その拍子にコートが胸もとを滑り落ち、腹の前に皺《ひだ》を作った。

「働いてたところの経営が厳しくなっちゃって……。いろいろあって、転職しようかとも思ってとったもんで、じゃあ、私、辞めます、みたいな」

愛奈は実家に伝わらないことを祈りつつ、ざっくり説明した。

「ふうん、保育所もそういうことがあるんだ。どこもかしこも大儲けかと思ってた。このご時世、やばいのは飲食店だけじゃないんだね」

昨晩忍から、飲食店でアルバイトをしていたことと、新型コロナウイルスと緊急事態宣言、まん延防止等重点措置の影響で店が廃業に追い込まれたことは聞いていた。そのせいで家賃が払えなくなったらしい。次の仕事と住居が決まるまで、愛奈の部屋で暮らしたいという話だった。

「コロナで出生数が減って、私のところはついにゼロ歳児のクラスに空きが出たじゃんね」

「へえ」

忍はいかにも興味なげに相槌を打ち、冷蔵庫を開けた。グラスではなく、マグカップで立て続けに牛乳を二杯飲む。この部屋にはグラスがひとつしかない。来客がないからだ。その唯一のグラスは、ちょうど愛奈が水を飲むのに使ったばかりだった。牛の母乳、うまっ、と忍は手首で口もとを拭った。小学生だった忍が法事の席で刺身を食べるなり、魚の死肉、うまっ、と口にして、大人たちから叱られていたことを愛奈は思い出した。

「そういえば、しーちゃん、顔、変わったよね」

だって死んだ魚の肉じゃん、と反論していたころは、もっとあっさりした顔立ちだったような気がする。忍は愛奈の就寝中にメイクを落としたらしく、すっぴんを目にした今、昨晩の疑問は確信に変わっていた。

「その表現はどうかと思うけど、変わったのは変わったよ。こっちに来て、わりとすぐに二重にしたから」

「ああ、それでか」

「言っておくけど、目以外は一切いじってないよ。もともと私の顔の欠点って、緞帳かっていうくらい重い一重瞼だけだったじゃん。東京行ったら絶対整形するって、中学生のときから決めてたから」

そう言いながら忍は戸棚を覗き、食パンの袋を見つけた。愛奈に断りを入れることなく一枚を引き抜き、なにも塗らずにかぶりつく。シャワーのガス代と水道代に、マグカップ二杯ぶんの牛乳と、食パンが一枚。忍がやって来て半日程度で、すでにいくらかの金が彼女のために消えている。額を計算しかけ、しかし、暗算できずに諦めた。もちろん、金に困っている忍に生活費を請求する気はない。それでも銀行の口座に大金が入っていなければ、食パンを食す忍をこれほどおおらかな気分で見守ることはできなかっただろう。人はただ生きているだけで金を消費する。それこそ、息を吐くように。だからこそ、どんな状況下の人間でも金が得られる仕組みが必要なのだ。

「あれ？　ってことは、無職の人間の家に無職の人間が転がり込んだの？　うわ、地獄じゃん」

忍は食パンを食べ終わると、さっきまで寝ていた場所にあぐらをかいた。愛奈が仕事に行ってるあいだに布団で寝るつもりだったのに、とコートを抱きしめて不満そうだ。昼間は使っていいよ、と愛奈はたたんだ布団を指差した。あ、そう？　と忍はすかさず布団を敷き直し、歯も磨かないで横になった。彼女の寝息が聞こえてきたのは、わずか四分後のことだった。

忍が寝泊まりするようになり、一週間が経った。忍は基本的には夜型の生活を送っているが、仕事は本気で探しているらしく、日中、小ぎれいな服装で面接に出かけることもあった。一度など、今回はオンラインだから、と言われ、その間、雨が降っていたにもかかわらず、愛奈は近所を散歩した。あんたが近くにいると思うと面接に集中できない、と忍に頼まれたのだった。

就職活動をしていないときの忍は、寝ているかスマートフォンを触っているかのどちらかで、後者の場合はコードまで真っ赤なイヤホンを装着し、動画を観ていることが多い。彼女なりに遠慮しているのか、愛奈の暮らしぶりに口を挟むことはなかった。愛奈は今までどおりに家事をこなし、買いものに行き、趣味に励んだ。大きな変化と言えば、夕食を二人で摂るようになったことくらいだろう。作り置きをするので、もともと料理は多めに作っている。忍が食べても食べなくても、愛奈にかかる手間は同じだった。

今夜の献立は、キャベツと豚肉の炒めものに、豆腐の味噌汁と佃煮にした。忍は愛奈が百円ショップで買い足した箸で豚肉をつつきながら、コロナ死ね、コロナ殺す、と悪態を吐いている。仕事探しが不調らしい。次こそは正社員に就きたいが、その枠は募集が少なく、アルバイトで雇ってくれそうなところはワンポイントリリーフのようなスタッフを求めていて、給料が目的の額に達しない。二十六という年齢や学歴、アルバイト以外の職歴がないことも不利に働いているという。もう介護しかないかも、と忍はため息を吐いた。

「豊橋に帰ればいいじゃん」

「絶対に嫌。推しが遠くなる。だいたい、実家に私の居場所ないじゃん。何年か前にお兄ちゃん一家が転がり込んできたの、愛奈も知ってるよね？」

「それは、うん」

「だから、こっちで仕事を見つけるしかないの」

「介護、いいと思うけどね。やりがいあるよ」

「……あんたにはそうだろうけど。っていうか、愛奈は就活してるの？　全然そんな感じに見えないんだけど」

「しとるけど、急いではない。コロナがもう少し落ち着いてからでもいいかなって思っとる」

「本当に落ち着くのかね、コロナは」

忍はつま先で小石を蹴るような調子で呟いた。

「みんながワクチンを打てば、収まるじゃないのかね。二十代の私たちにいつ順番が回ってくるかは分からんけど」

「あんたの貯金はそれまで持つの？」

「うん、大丈夫」

愛奈は表情を隠そうと、とっさに汁椀に口をつけた。

「まあ、あんたのことだから、貯め込んでるか。本当に金を使わないよね。推しもいないし。なんのために生きてるのか、私には理解できないけど」

忍の応援対象は、上京のきっかけとなった大手芸能事務所の男性アイドルから、メンズ地下アイドルに替わっていた。曰く、メジャーアイドル界隈はコンサートチケットの抽選に当たることすら難しく、確実に良席で観るには高額転売ものに手を出す必要があり、しかし、そこまでしても彼らを近くには感じられない。また、金を、時間をどれほど費やそうと、自分の上を行くファンが必ずいる。そんな人気者を追うむなしさに苛《さいな》まれていたとき、Chips!に出会った。Chips!のような地下アイドルグループは、握手会やツーショット撮影会、バックハグ会など、「接触」と呼ばれるイベントを積極的に行っている。忍はそれに溺れた。特にメンバーのアカツキには、新車が数台買えるほどの金を注ぎ込んだという。しかし、この二ヶ月というもの、新型コロナウイルスの影響からか、Chips!の活動は停滞気味らしい。

忍の言うとおり、愛奈には「推し」がいない。二十七年の人生で、いたことがない。本やCDを買うことはまれにあるが、それだけだ。誰かのファンになるという経験をしたことがなかった。愛奈は、夫が職場を解雇される前のメイシャン先生を思い出した。あの人もまた、応援しているK-POPグループが音楽チャートで一位を獲れるよう、同じCDを何十枚も購入していた。いつだったか、積み上げたCDの写真に〈オタクの愛は経済を回す〉と言葉を添えていて、保育士関係のツイートではなかったにもかかわらず、三桁を超える「いいね」を獲得していた。だが愛奈は「いいね」をつけなかった。ひとつの商品を大量に購入する人の気持ちが理解できないからだ。幾通りもの形態で発売されるCDを揃えたい。それは分かる。グッズをコンプリートしたいという欲望や、予備を持っておきたいという感覚も。だが、まったく同じものを十も二十も買うのなら、そのぶんを寄付や義援金に回したほうが、社会によほどいい循環を起こせるのではないか。好きな人が生きている世界の不幸を減らすこともまた、応援のひとつの形だと思っている。

「でもまあ、あんたは手に職があるから、食いっぱぐれることはないもんね。国家資格、最強だよ。運もいいし」

箸を動かす手がとまった。宝くじのことを見抜かれたようで、どきりとする。二億円を当てたことは、当然、忍にも伏せておくつもりだった。

「あんた、強運じゃん。中学校の三年間、愛奈のクラスは必ず優しい先生が担任だった。あ、飛田《とびた》と同じクラスになったこともないよね？　私、あいつ、大っ嫌いだったのに、二回も一緒のクラスにさせられて、最悪だったわ。インフルエンザがやばいくらいに流行った年も、あんたはぴんぴんしとったもんね。高校受験のときも、自己採点だとギリギリで受かったんでしょう?」

「あー、そんなこともあったね」

愛奈は小さく安堵の息を吐いた。

「だからといって、羨ましいとは思わないけど。愛奈は運の良さと引き換えにいろんなものを犠牲にしすぎ。全然見合ってない」

「えっ、私が犠牲にしたものってなに?」

愛奈がぱっと思いついたのは、普通自動車運転免許(AT限定)だけだった。

「いやいや。家に置いてもらっとる身としては、具体的には言えんけど」

忍は唇の端で微笑むと、佃煮に箸を伸ばした。ご飯に載せて口に運び、だが、咀嚼が進むにつれて、忍の眉間には皺が寄っていった。

「これ、なんの佃煮?」

「干しなすだけど」

「干しなす？」

「一時期、野菜を乾燥させるのにはまってたじゃんね」

愛奈はベランダのほうに顔を向けた。今は閉じているカーテンの向こう、物干し竿の端には、野菜干し用の青いネットが吊られている。空気が乾燥している冬に、さまざまな野菜をスライスして干していた。そうすれば、水分が飛ぶことで野菜が日持ちし、旨みも凝縮される。切った野菜が日々縮んでいく様子を観察するのも楽しかった。

「なんか……濡れた段ボールみたい」

「あ、それだ。濡れた段ボール。ずっとなにかに似とるなって思ってたじゃんね。濡れた段ボールだわ。すっきりした」

「あんたは知らんかもしれんけど、段ボールって、実は食べものじゃないじゃんね」

忍は噛んで含めるように言うと、テーブルに箸を置いた。

「でも、段ボールがここまで食べられるようになったと思えば、大成功だら」

愛奈がこれまで内面について人から投げかけられた言葉のベスト3は、しっかりしてるね、真面目だね、そして、前向きだね、だ。高校時代には、クラスマッチのバレーボールを観戦していて、二対二十三で負けているチームに、ここから続けて二十三点取れば勝てるよ、と声援を送り、あだ名が「ムダポジ」になったことがある。「無駄にポジティブ」の略だ。前向きだね、と愛奈に言うとき、その人の顔には大抵苦笑いがにじんでいる。しかし、愛奈としては事実を口にしているに過ぎなかった。

「うん。やっぱりよくできとる」

愛奈は干しなすの佃煮を頬張り、大きく頷いた。

忍がユニットバスで吠えたとき、愛奈は節水用ヘッドを外そうか迷いながら梅の実を洗っていた。去年に続き、梅干しを仕込んでいたのだった。インターネットで見つけた、一キロの梅を保存袋で漬け、ベランダに干す作り方は、一人暮らしの人間にあつらえ向きだ。節約料理の派生として捉えていた保存食作りは、レシピによっては道具を買い足すこともあり、実際は倹約の役に立たない。だが、未来の自分に楽しみを手渡すような感覚が楽しく、干し野菜や梅干しのほかにも、ときどきピクルスやオイル浸けを作っていた。

「しーちゃん、どうしたの？　大丈夫？」

愛奈は水をとめ、ユニットバスに向かって声を張り上げた。六月も終盤に差しかかり、忍もこの部屋にはだいぶ慣れたはずだが、湯が熱すぎたとか、タオルがないとか、突発的なトラブルが起きたのかもしれない。しかし、忍から返事はなく、心配になった愛奈が駆けつけようとしたとき、下部に換気口のついたユニットバスのドアがゆっくりと開いた。

「ついに化粧水がなくなった……。一滴も出てこん……」

忍は俯き、頼りない足取りでユニットバスから出てきた。濡れた髪が顔を覆い、表情は分からない。だが、声は弱々しく、タオルのかかった肩には悲愴感が漂っていて、ひどく落ち込んでいるのは明らかだった。

「あ、化粧水？　だったら、私の使っていいよ。鏡の裏に入――」

「いらんわっ」

忍がやにわに顔を上げた。髪の水滴が火花のように散った。

「あんな安物、今どき、中学生でも使わんし。肌が死ぬっ」

忍の指摘どおり、愛奈はドラッグストアで最安値の化粧水を使っていた。飲料水と見まがうほどの大容量で、一本買えば半年は保つ。そもそも化粧水の必要性をあまり分かっていなかった。就職活動中に短大の先生に言われてメイクを覚え、その一環で化粧水もつけるようになったが、乳液や美容液、クリームの類いは手に取ったこともない。それでも元来丈夫にできているのか、肌が荒れたことはなかった。

「今のやつ、保湿力は高いのにべたつかないし、匂いもいいし、気に入っとるだけど、一本、五千円近くするじゃんね。そういえば、日焼けどめもうなくなる。ファンデもやばい。ああ、どうしよう」

忍は布団に倒れ込み、金がほしい、金がほしいよう、と呻いた。忍の仕事探しは依然として難航している。今日も一通、面接では盛り上がったらしい企業から不採用のメールが届き、夕食のあいだもため息ばかり吐いていた。

「ねえ、しーちゃん。ほしい物リストって知ってる?」

愛奈はキッチンの壁に立てかけていた自分のスマートフォンを手に取り、忍の隣に膝をついた。

「知ってるよ。VTuberとかイラストを描いてる人とか、ちょっとフォロワーが多い人がTwitterでよく公開しとるよね？　地下アイドルも、運営がちゃんとしとらんところのグループの子だと普通に使っとるし」

「しーちゃんもTwitterを始めて、あれをやってみたらどうかな」

忍は身体を起こすと肩のタオルで髪を乱暴に拭い、私がやっても無駄だら、と鼻で笑った。

「確かに、仲のいい人から誕生日プレゼントをもらうのに使われることが多いみたいで、しーちゃんが突然リストを公開しても難しいかもしれんけど、そこはだめでもともとじゃん。リストを作るのはただだでね。もしかしたら、しーちゃんを応援してくれる人が、この世に一人くらいはいるかもしれんよ」

愛奈はスマートフォンを突きつけ、熱心に語った。本当は忍に直接その化粧水をプレゼントしたかった。水になにを溶かせば五千円の値打ちになるかは理解できないが、今の愛奈には痛くも痒くもない金額だ。昨日も、新型コロナウイルス感染症に罹り、自宅療養中だという一人暮らしの大学生に、ほしい物リスト経由で高級フルーツゼリーの詰め合わせを贈っていた。それを思えば、仕事探しに励む従姉妹に化粧水を贈るのは、ごく自然な行動だろう。だが、二枚九百九十円のショーツを布地が透けても穿き続けている自分が五千円もする贈りものをすれば、忍が怪しむ。彼女のほしい物リストを見つけ出し、身もとを明かさずに化粧水を贈ること。それが最良の方法に思われた。

「まあ、そうかもしれんけど」

忍は唸り、自分のスマートフォンを手に取った。Twitterでほしい物リストを検索しているようだ。あ、私と同じファンデ使ってる、とか、うわ、ボールペンの替え芯まで、とか、ぶつぶつ言いながら画面をスワイプしている。愛奈は梅干しの仕込みに戻った。歯ブラシを使い、ひとつひとつ梅の実の汚れを洗い落とす作業は、愛奈が梅干し作りの中で気に入っている工程のひとつだ。編みものに通じる、心地のいい集中を味わうことができた。

「あ、化粧水、買ってもらえたっ」

今度は忍の歓声によって、歯ブラシを小刻みに動かす愛奈の手がとまった。スマートフォンの時計に目を遣ると、ほしい物リストの話を持ちかけてから、まだ三十分と経っていなかった。

「えっ、もう公開したの?」

「うん、リストを作るのは簡単だったよ。Twitterは、前に仕事で使ってたアカウントが残ってるのを思い出したじゃんね。仕事が見つからないってツイートしてから載せたら、店の常連だった人の目に留まったみたいで、一瞬だった」

「それは……よかったね」

愛奈は呆《ほう》けた顔で頷いた。自分も贈る側として利用してきたが、まさかこれほど順調にことが運ぶとは、思いも寄らなかった。

「ほしい物リストね。いいこと知ったわ。日焼けどめとファンデも入れておこうっと。でもあれか、高いものばっかりだと感じが悪いか。千円しないのもあったほうがいいかね。菓子系と……あと、マスクだ。マスクももらおう」

忍は軽やかな手つきでスマートフォンを操作した。夕食時の鬱々とした雰囲気は、もはや名残すら顔のどこにもない。ほしいものを一通り追加したのか、満足げに息を吐くと、世の中、捨てたものじゃなかったーっ、と叫び、シーリングライトにぶら下がる猫に拳を突き上げた。

それから、忍宛の荷物が数日置きに配達されるようになった。化粧水の次には日焼けどめが届いた。ファンデーションも届いた。マスクに至っては、十箱送られてきた。自分のような人助けを実行している人間が、この世には意外とたくさんいるらしい。忍の言うとおり、世の中は捨てたものではないようだ。愛奈は自分もプレゼントを贈った相手にその感覚をもたらしているのかもしれないと思い、誇らしくなった。

だが、さらに十二袋入りのポテトチップスの箱が届き、モバイルバッテリーが届き、パステルカラーのパジャマが送られてくると、愛奈の胸にも疑問がさざ波のように広がり始めた。芸能活動をしているわけでもない、いわゆる一般人に、短期間にこれほど多くのプレゼントが届くのは、果たして普通のことなのだろうか。忍はどんなふうにほしい物リストをツイートしているのだろう。愛奈は気になったが、ほしい物リストを公開するツイートは、数分に一件の速さで投稿されている。いざ実践してみると、検索結果から忍のアカウントを見つけ出すのは難しかった。

七月のある日、愛奈が都議会議員選挙の投票を済ませて帰宅したときも、忍は段ボール箱を開封していた。忍の投票所入場券は、一ヶ月前まで彼女が友人と暮らしていた部屋に届いているはずで、愛奈はそれを持って選挙に行くべきだと忍に説いたが、あえなく拒否されていた。説得がしつこかったのか、愛奈が家を出る直前の忍は不機嫌そのもので、しかし、宅配便の到着によって気分が回復したようだ。段ボール箱から粘着テープを剝がす忍は、Chips! の歌を口ずさんでいた。

「今度はなにが届いたの?」

愛奈は靴下を脱ぎながら尋ねた。今日は朝から雨で、足もとが悪かった。タオルで肩の水滴を払ったのち、指のあいだまで足を拭いた。忍は段ボール箱から小さな白い直方体を取り出すと、これ? と笑顔で振り返った。

「AirPods だよ。Bluetooth のイヤホン」

「ああ、よく見るね、それを使っとる人」

「そうそう。今、みんなこれじゃん? Chips! の現場でも有線のイヤホンを使っとるのは私くらいで、アカツキのメンカラなんでって押し通しとったけど、本当はずっと羨ましかったじゃんね。試しにほしい物リストに入れたら、買ってくれる人がおった。ラッキー」

「高かったじゃないの？」

「これはProじゃないし、型落ちだったで、二万五千円くらいかな」

「二万五千円？」

愛奈は白い小箱を凝視した。それは本当に必要なものなのか。とっさに疑問が頭に浮かぶ。二万五千円のイヤホンが忍の生活に欠かせないとはとても思えない。だが、自分もほしい物リストからスマートウォッチやゲームソフトを人に贈ったことがあり、そのときにはなにも感じなかった。

「それをくれた人も、しーちゃんが前に働いてたお店の常連さんなの？」

愛奈は頭を一振りして、空の段ボール箱を忍から受け取った。忍がゴミの分別をしないため、空き箱や梱包材を片づけるのは愛奈の役目だった。

「この人は違うよ。一回、指名してくれたことがあるみたいだけど、まったく覚えとらんもん」

「指名？」

「あー、ちょっと喋ったことがあるってこと。その人、みやさくのファンらしいじゃんね。さすがの愛奈も知っとるら？　アイドルの宮下咲奈《みやしたさくな》。握手会のスナイパー。私、たまにみやさくに似とるって言われるじゃんね」

「へえ、そういうアイドルがいるんだ」

「信じられん。今の日本で、みやさくをスルーして生きるほうが難しいら」

「でも、一回喋ったことがあるだけで、二万五千円のイヤホンをくれるだね」

愛奈は段ボール箱を平らに潰し、半分に折った。すごいね、と付け足した言葉はなにげなく口にしたつもりだったが、忍には皮肉に聞こえたようだ。それ、どういう意味？　ととげとげしい声が返ってきた。

「もしかして、私にそんな高価なものをもらう筋合いはないって言いたいの？　言っておくけど、筋合いとか関係ないでね。ほしい物リストを公開する人を乞食呼ばわりする奴がネットにもおるけど、なにがだめなのか、全然分からん。あげたい人があげたい人にあげたいものをあげとるだけじゃん。誰にも無理強いしとらんし、それを言うなら、生活保護のほうがよっぽどやばいと思う。まったく知らん人間に、自分の税金が使われるだよ？　受給者の中には動物を虐待した奴とか、小学生に手を出したことのある奴だっているかもしれん。そう考えたら、金を使える相手を選べるのって最高じゃん。あげたくない人にはあげなきゃいい。簡単だら？　部外者がどうこう言わんでほしいわ」

忍は早口で言い立てると、それでも気が済まなかったのか、あー、気分悪っ、と吐き捨て、アパートを出て行った。愛奈はしばらく宙を見つめ、忍の発言の意味を考えた。彼女の言いぶんは、贈る側としてほしい物リストを活用している愛奈にも理解できた。生活保護制度には賛成だが、自分にとっての大悪人が受給しているかもしれないと思ったとき、嫌な気分になるのも分かる。だが、胸にざらつきが残るのはなぜだろう。愛奈は手の中でひしゃげている段ボール箱を見下ろした。イヤホンを贈った人は無記名を選ばなかったらしく、送り状の〈送り主〉の欄には〈トーテム様〉と書かれていた。

「あっ」

次の瞬間、愛奈は思い出した。メイシャン先生に届くよう、四月に手配した、男性K-POPグループの初回限定版Blu-rayボックス。二万九千八百円のあれの発売日が、六月下旬だったはずだ。愛奈は段ボール箱を放り出し、スマートフォンを摑んだ。ほしい物リストを検索する以外の目的でTwitterを開くのは久しぶりのことだった。黒い豚のアイコンをタップして、タイムラインを遡る。当該ツイートは間もなく見つかった。グループ名と作品タイトルが金の箔押しで印字された化粧箱の写真が、八日前にアップされている。そこにはこんな言葉が添えられていた。

〈これで仕事を頑張れます。ありがとう〉

初めに込み上げたのは喜びで、しかし、それは水をかけた綿菓子のように呆気なく消えた。なぜ。どうして。メイシャン先生のツイートを読んでから三日、愛奈はずっと考えている。メイシャン先生は、Blu-rayボックスがほしい物リスト経由で人からもらったものであることを、なぜ明記しなかったのか。贈り主はぜひ申し出てほしいと、どうして呼びかけないのか。もとより愛奈に名乗るつもりはなかったが、Blu-rayボックスが届いたことをすんなり受け入れているようなメイシャン先生の態度が気になった。あのツイートは、映像作品をリリースした、K-POPグループに対して礼を述べているようにも読める。まさか、それが狙いか。現に、〈そんなふうに言ってもらえて、出した側も幸せですね〉とか〈推しの格好いい姿は最高の栄養剤ですよね〉とか、フォロワーから寄せられているリプライもその手のものばかりだった。

そもそもメイシャン先生は、感謝の姿勢が足りないのではないか。

愛奈は包丁をまな板に打ちつけた。夕食用にたたき梅を作っていた。刻んでいるのは、去年漬けた梅干しだ。まな板の一部が深みのある赤に染まっていく。そのあいだもメイシャン先生のことは頭から離れない。メイシャン先生は、もっと、こちらが恐縮するくらいに礼を言うべきではないか。なにしろプレゼントされたのは、二万九千八百円の商品なのだ。愛奈にとっても、家具家電類を除き、人生でもっとも高い買いものだった。にもかかわらず、人にもらったこと自体を隠しているようなツイートをされては、納得できなかった。

だいたい、高額なものがいきなり届いて、困惑しなかったのか。

自分なら、すれ違いざまの赤の他人に、これあげる、と三万円を突き出されても、まず受け取らない。二億円が当たる前でも断った自信がある。相手の意図が分からないのは怖い。あとからとんでもない見返りを要求されるかもしれない。とまで考えて、それとは状況が異なることに気づいた。メイシャン先生は、Blu-ray ボックスがほしいことを表明していた。自分はそれに応えただけだ。あげたい人があげたい人にあげたいものをあげとるだけじゃん。忍の言葉がよみがえる。愛奈は、むふう、と鼻から息を吐いた。

メイシャン先生は、贈り主をどういう人間だと思っているのだろう。

もしかしたら、メイシャン先生がこの世で一番憎んでいる人が、憐れみの気持ちからプレゼントしたのかもしれない。じかに渡されていたら、確実に拒んでいた人物が贈り主の可能性もある。それが、素性の分からない人間からものをもらうということなのだ。それに、相手の金の出所だって分からない。恋人でも友だちでも家族でも、通常、値の張るプレゼントをもらうときは、相手の収入を大まかに把握している場合がほとんどだ。メイシャン先生は、万が一、贈り主が犯罪によって手に入れた金でBlu-rayボックスを買っていたら、どうするのだろう。知ったあとでも映像を楽しめるのか。確かにメイシャン先生に非はない。だが、自分に罪はなくとも後味の悪さに苛まれるのが、人の心ではないか。愛奈は今までになく脳みそが回転するのを感じた。保育士試験のときにも、これほど頭が冴える瞬間は訪れなかった。

プレゼントを贈るとは、もらうとは、単なるもののやり取りではないのだ。

ぶふう、と鼻息が荒くなる。ほしい物リストでものをもらうことに筋合いの有無は関係ないと忍は言ったが、そうではない。信頼できるか分からない相手に高価なプレゼントをねだるような行為は、やはり間違っている。愛奈はふたつ目の梅干しをまな板に載せた。思えば、メイシャン先生のリストにあった日用品は、シャンプーもトリートメントも、自分が使っているものの三倍以上の値段がした。夫が失業した状況で、あれを使いたいと思うのは贅沢だ。それに、〈初めてUber Eatsを頼みました〉という最新のツイート。生活が苦しくなりそうだと言っている人間が、なぜデリバリーサービスを利用するのだろう。どうして利用できるのだろう。

「ねえ。さっきから牛みたいな音が聞こえて、気持ち悪いだけど」

背後から忍の声がした。愛奈が振り返ると、忍は例の Bluetooth イヤホンを片耳から引き抜き、ノイズキャンセリングをオンにしてても聞こえるってどういうこと？と眉間に皺を寄せていた。

「あのさ、しーちゃん。ラッキーって、おかしくない？」

「なんの話？」

「そのイヤホンが届いたときのこと。しーちゃん、ラッキーって言ったら？　でも、二万五千円のものをもらっておいて、それはないら。軽すぎる。もっと謙虚に感謝するべきだと思う」

「またその話？　あんたはなにが気に入らんの？　だいたい、あんたがほしい物リストを公開すればって言い出したんじゃん」

「じゃあ、もうだめだでね。今後、ほしい物リストからものをもらうのは禁止です」

自分ももう誰にも贈らない。愛奈はそう決心した。

「は？　意味分からんし。愛奈に決められたくないんですけど」

「もういいら？　もう充分、もらったら？」

「っていうか、包丁をこっちに向けんでよ。赤いのがついてて怖いだけど」

忍の悲鳴で、愛奈は包丁を握りしめたままだったことに気づいた。

「あ、ごめん。でも――」

「でも、じゃないわ。愛奈がなんと言おうと、私は仕事が決まるまではリストを使うでね。仕事がなくなったのも見つからんのも、コロナのせいじゃん。世の中にはコロナの影響を受けとらん人もおるのに、不公平だら」

「そんなの、しーちゃんがちゃんと貯金しとらんかったのが悪いんじゃん」

「ウイルスが流行って店がなくなるって分かってたら、貯めとったよ。でも、誰も予想できんかったじゃん。っていうか、未来ってそういうものじゃん。だから私は後悔しないように、全力でやりたいことをやっとったの。周りには家が金持ちで、親からの小遣いで握手券を積んどった子もいたけど、私は実家に頼ったことなんてない。ずっと自力で稼いでた。その実家が太い子は、今はChips!とは別のグループの配信で投げ銭しまくってて、やっぱりコロナとは無縁に生きとる。なのに、なんで私だけこんな目に遭わなきゃいかんの？　私がほしい物リストでちょっとラッキーを味わうことの、なにが悪いの？」

愛奈を睨みつける忍の目が、みるみる充血していく。まさか泣くのか。愛奈は内心動揺した。忍の涙を見るのは、小学生だった彼女が初詣のおみくじで大凶を引き、やり直したいと暴れて祖母に叱られていたとき以来だ。

だが結局、涙はこぼれなかった。

「みんなが自分みたいに正しく生きられると思ったら、大間違いだでね」

忍は温度の低い声で言い放つと、まるで心のドアを閉めるかのようにイヤホンを耳にねじ込んだ。


「おねえちゃん、今日はなんや元気がないな」

愛奈が、いつものをお願いします、と言うが早いか、千石はアクリル板の向こうで眉を動かした。二億円が当たったあとも、愛奈はたびたびこの宝くじ売り場を訪れていた。大金をもう一度当てたいとは、微塵も思っていない。数百円すら当たっていない。それでも足を運ぶのは、ある種の御礼参りのような感覚だった。自分はあまりに大きな幸運に恵まれた。ふるさと小包や二千円ぶんの商品券とは比べるべくもない。とはいえ、あのときはインターネットで結果を検索し、そのまま換金できる銀行に向かったから、千石はおそらく愛奈が大金を手にしたことを知らないだろう。販売員としての知恵か作法か、千石がくじの結果を尋ねることもなかった。

「毎日暑いから、夏バテかも分からんな。こんな気温の中で運動するなんて、想像しただけで喉がからっからになるわ」

千石はアクリル板越しに空を覗いた。東京オリンピックとパラリンピックのことを言っているらしい。一年延期されたスポーツの祭典が、いよいよ今月末に迫っている。愛奈は世界がコロナ禍に見舞われる前から東京で開くことには反対で——東日本大震災の被災地復興が充分進んでいないから、というのがその理由だった——署名活動にも参加していた。もう中止にはならないですよね、とこぼすと、ならへんやろ、と千石は即答した。

「ともかく、熱中症には気をつけなあかんで。私らが子どものときには、日射病って言うてたんやけどな」

愛奈はマスクの下で曖昧に微笑んだ。元気がないのは暑さのせいではなく、五日前の忍の発言に原因があった。誰もが正しく生きられると思うな、という言葉が、まだ胸中に渦巻いている。あのときは言い返せなかったが、個々人が生活の中で正しくあることは、実は簡単だと愛奈は考えている。正しいことは、親に、教師に、昔話に、教育番組に、道徳の教科書に、折に触れて教わってきた。嘘を吐かないこと、思いやりの心を持つこと、勤勉であること、規律のある生活を送ること、マナーやルールを守ること、人に感謝すること、公平であること、命を大切にすること。正しさは常に明示されている。

友だちを作るほうが、正しく生きることよりもよほど難しい。

愛奈は足もとに目を落とした。人との距離の縮め方が、昔からどうしても分からない。入ーれーて、と輪に加えてもらうことを試みても、はたまた自分から遊びに誘っても、やんわり拒まれてばかりの子ども時代だった。大人になってからは、相手に連絡先を訊くと、スマホを家に忘れてきちゃったんだよね、と返ってきた直後にその人がスマートフォンを使っている場面に遭遇したことが、控えめに見積もっても五回はある。だが、人数が多かれ少なかれ、関係性が深かれ浅かれ、世の中には友だちがいる人間のほうが多い。忍だって、少し前まで友だちと暮らしていたのだ。友人関係を築くという困難を成し遂げている人が正しく生きられない理由こそ、愛奈には理解できなかった。

「はい、これ」

千石はアクリル板が切り抜かれた受け渡し口から、愛奈が購入する数字選択式くじの申込カード三枚を差し出した。小屋の中はエアコンが効いているらしく、ひんやりした空気が絶えず流れてくる。愛奈は後ろに客がいないのを確かめてから、その場で数字を適当に記入した。

「千石さんは」

「うん?」

「知らない人に高価なものを買ってもらうことをどう思いますか?」

千石は手をとめ、愛奈を見上げてまばたきした。

「それはどういう……」

「自分では買えなかったり買わなかったりするものを、まったく知らない人に買ってもらうんです。あげる側が納得してれば、問題ないと思いますか？」

「なんの話かよう分からんけど……まあ、品のある行為ではないやろな」

「やらないほうがいいですよね？」

「そらそうやろ。お金は怖いで。人を変える力が強すぎんねん。余計なトラブルを抱えることになったほうが、よっぽど損やろ。昔から言うからな。タダより高いものはないって」

「そうなんです。私もそう思うんです」

愛奈は勢い込んで頷いた。出会ってから半年ほどしか経っていないが、会って世話をするうちに、すっかり千石に信頼を寄せていた。千石の返答が、自分がメイシャン先生に感じた怒りや、忍に向かって主張したことに正当性を与えてくれたようで、胸の渦がほどけていくのを感じる。でも、一体どうしたん？　と不思議そうな千石に、愛奈は忍とほしい物リストのことを手短に説明した。そんなものがあるんか、と千石は目を見開いた。

「それやったら、今からでも相手にお返しをしたほうがいいかもしれへんな」

「お返し？」

「お返しは大事やで。うちの娘の親友にな、今年、子どもが生まれたのよ。目のぱっちりした、まあ、可愛らしい女の子でね」

千石の身の上話も一通りは聞いていた。千石は大阪の生まれで、結婚を機に上京。三十年以上、この売り場で宝くじを扱っているそうだ。子どもは、息子と娘が一人ずつ。孫は二人。実は「千石」は十年前に別れた夫の苗字で、しかし、富を感じさせることから客に評判がよく、離婚の際も旧姓に戻さなかったと言っていた。

「それはおめでとうございます」

「おおきに。当然、娘は出産祝いを贈るわな。それで最近、親友から内祝いが返ってきたらしいんやけど、娘がえらいぷりぷりしててなあ」

「どうしてですか？」

「せっかくお祝いしたのに、半額ぶんもお返しされたら悲しい。親友なんやから、丸っと祝わせてほしい。自分がその子に内祝いを返したときのことは棚に上げて、そういうことを言うのよ。つまり、親友にというより、内祝いの制度そのものに腹を立ててるわけやねん」

友だちのいない愛奈には、内祝いをもらったり返したりした経験がない。そういうマナーが存在することは知っていたが、千石の娘のように疑問を覚えたことはなかった。なるほど、という相槌は、自然と軽い声音になった。

「でもな、内祝いには祝われた側の気持ちを軽くする効果があると思うねん。もらいっぱなしって、普通は気が引けるやろ。あれっていうのは、関係が不均衡になった気がするからやないかな。対等な感覚が薄れるというか。せやから、お返しをもらうのも思いやりやねんでって、娘には話したんやけど」

「伝わりましたか?」

千石は首を横に振った。

「いーや、微妙な顔してたわ。言うても娘もまだ若いからな。傾きのある関係がよろしくないっていうのが、そんなに分からんのかもしれへんな」

束の間、愛奈は反応しなかった。実家近くの公園にあった、ペンキの剝げたシーソーを思い浮かべていた。愛奈は一人で跨がるばかりだったが、両端で重さが釣り合っているほうが楽しい遊具であることは知っている。千石が口にした、傾きのある関係という言葉の意味を愛奈なりに考えようとしていた。だが、千石はそうは捉えなかったようだ。受け渡し口から券を滑らすと、おねえちゃんのほうがうちの娘より若いけどな、と慌てたように付け足した。

「ともかく、トラブルが怖いんやったら、従姉妹さんにお返しを提案するのもひとつの手かも分からんで。半額ぶんとは言わなくても、ちょっとしたお菓子みたいなのを贈るだけで、相手もなんや安心するやろ」

その夜、愛奈はめかぶと納豆とマグロの丼を食べながら、ほしい物リストからプレゼントを贈ってくれた人に、なにか返礼するべきだと忍に切り出した。あんなのは海の雑草、という理屈で海藻が苦手な忍は、めかぶ抜きの丼を咀嚼していたが、愛奈の発言を聞くなり箸をテーブルに叩きつけ、まーだその話をするかね、と口の中の納豆の糸を見せつけるように叫んだ。

「そういうところが、中学生のとき、あんたがみんなから陰でポリスメーンって呼ばれる原因になっただでね」

「そうだったの？　っていうか、メンって複数形だったような気がするだけど」

「知らんわっ」

忍はテーブルに手を打ちつけると、あーっ、と声を上げて頭を搔きむしった。

「住むところがなくなったからって、愛奈を頼った私が馬鹿だった」

「でも、お礼は大事だら。特にあのイヤホンとか、高いものをくれた人にはちゃんとしたほうがいいと思う。向こうはしーちゃんを応援したかっただけかもしれんけど、感謝されてるように感じなかったら、やっぱり嫌な気持ちになるだろうし」

「あのね、あんたに言われなくても、礼はしてます。イヤホンの人だけじゃなくて、プレゼントをくれた全員に」

忍は一語ずつ区切るように、しっかりと発音した。

「そうなの？　だったらいいだけど」

愛奈は安堵の息を吐いた。自分とは大きくずれたモラルの持ち主が身近にいると思えば、どうしたって気持ちは落ち着かない。道徳観は食べものの好みとは異なる。十人十色の言葉では片づかない。まして、忍は従姉妹なのだ。あれ以来、Blu-ray ボックスの話題すら出さないメイシャン先生とは違い、忍が返礼のマナーをわきまえていたことにほっとした。

だが、忍は一体、なにを返しているのだろう。

疑問は遅れてやって来た。午後十時、愛奈は猫のマスコットを引っぱり、就寝のために消灯した。はっとしたのは、布団に入り、瞼を下ろした次の瞬間だった。忍は金銭的に困窮している。仕事はなかなか見つからず、昨日も八十四円切手を一枚買うのに文句を言っていたくらいだ。千石にアドバイスをもらった勢いから、つい謝礼するよう迫ったが、おそらく十数人はいるプレゼントの贈り主全員に、なにを返しているというのだろう。愛奈は目を開け、暗闇の中でスマートフォンを操作している忍を見つめた。画面の明かりに照らされている忍は笑顔だ。Chips! の動画を再生しているのか、耳には例の Bluetooth イヤホンが嵌まっている。

贈ったのは、数百円の雑貨か菓子類か。それでも十数人に手配すれば、忍にとって、馬鹿にならない金額になるだろう。考えれば考えるほど、身体の表面がぞわぞわする。本人に尋ねるのも憚られ、不安とも恐怖ともつかないその感覚と戦ううちに、いつしか眠りに落ちていた。

ピーン、ポーン、と改札は間の抜けた音を繰り返している。駅構内は蒸し暑く、行き交う人々の目は、どれも生気に欠けている。人気《ひとけ》のないほうに顔を向け、一瞬、マスクをずらす人も少なくない。平日にもかかわらず、時折見かける子どもの姿に、愛奈は学校が夏休みに入っていたことに気づいた。売店に並ぶ新聞には、三日前に無観客で開会式を迎えた東京オリンピックの記事の見出しが躍っている。昨日は柔道で兄妹がそれぞれ金メダルを獲ったようだ。〈柔道〉の文字が目立っていた。

忍から写真を見せられ、記憶していた青いショートカットヘアの女性が東口から現れたとき、約束の時間は四十分以上過ぎていた。愛奈はむっとしたが、忍が迷惑をかけた相手だと思うと強くも出られない。周囲を見回している彼女に近寄り、エミリさんですか？　と声をかけた。

「そうだけど……」

「私、しーちゃんの、古坂忍の代理の相田愛奈です」

「代理？　うつわ、あいつ、やっぱり逃げやがった」

エミリは大きめのグレーのマスクを着けていたが、彼女が顔全体を歪ませたことは分かった。どうやら今の今まで、愛奈が待ち合わせ場所に来ることを知らなかったようだ。そして愛奈もまた、エミリの反応に面食らっていた。忍からは、エミリには自分の代わりに愛奈が行くことを連絡しておくと言われていた。エミリに驚かれる展開は想像していなかった。

「まあ、こうなるかもとはちょっと思ってたけどね。あいつにしてみれば、私に合わせる顔がないだろうし。あ、これが例のやつね」

エミリは小ぶりのショルダーバッグに手をかけると、中から封筒を二通取り出した。エミリは忍の元ルームシェア相手で、ここは二人が暮らしていたマンションの最寄り駅だった。住所変更を忘れていたがために、前の家に届いてしまったChips! のグッズを取りに行ってほしい。それが忍の頼みだった。愛奈は断ろうとしたが、エミリには新型コロナウイルスのワクチン接種券をグッズと一緒に持ってきてもらう、そうしたらワクチンを打ってもいい、と忍に言われて気が変わった。先週、愛奈は九月半ばに一回目のワクチン接種の予約を入れることに成功した。ニュースサイトで知った集団免疫の知識から忍にも接種を推奨し、また言い争いになった翌日にこの取引を持ちかけられたのだった。

「ありがとうございます。すみません、わざわざ駅まで来てもらって」

「ううん、駅集合でって言ったの、私だから。忍は家まで来るつもりだったみたいなんだけど、なにか持ち逃げされたら嫌だし」

「持ち逃げ？」

「あいつ、二人で折半して買ったヘアアイロンをメルカリで勝手に売ってたの。しかも、その売り上げを滞納中だった家賃に充ててるならまだしも、Chips! に使ってたんだよ？ 確かに私、ショートカットにしてから髪を巻かなくなったけど、だからといって、なんの相談もなく売るのはおかしいよね」

「そうですね……」

それはほとんど泥棒だ。愛奈は思わず額に手を当てた。

「だから、相田さん……だっけ？　あなたも気をつけたほうがいいよ。っていうか、相田さんは、忍の新しいルームシェア相手なの？」

「従姉妹です。私の家で一緒に暮らしてはいますけど」

「えっ、全然似てないね。ああ、でも従姉妹って、そういうものか」

エミリは納得したように頷くと、暑いね、とやにわに呟き、Tシャツの襟をはためかせた。年は三十代前半くらいだろうか。少年のような体つきで、オーバーサイズの服が似合っている。忍からは、ウェブデザイナーで、舞台俳優の追っかけをしていると聞いていた。髪を短く切り、青く染めたのも、その俳優の影響らしかった。

「それで、あいつ、次の仕事は見つかったの？」

「苦戦してるみたいです」

「だよね。だから誘ってくれた店に大人しく移籍すればよかったのに。こんな時給では働けない、なんて言い出して、馬鹿かと思ったよ。忍って、今、二十六歳だよね？

セクキャバ界隈では立派なババアだっつーの」

「セクキャバ？」

愛奈は目をしばたたいた。

「あれ？　まさか、忍がセクキャバで働いてたこと、知らなかった？　新宿の店に長くいて、わりと人気だったみたいだよ。ほら、あいつ、みやさくに似てるし。だけど、コロナの影響で勤務先が潰れたんだよね」

「私には飲食店で働いてたって――」

「まあ、飲食店ではあるか。食べものも飲みものも出すし」

ふはは、とエミリは声に出して笑った。

「高望みするなって、相田さんから忍に忠告したほうがいいかもよ。二十代前半に、みやさく似のロリ顔と巨乳で稼げただけでもよかったじゃん。今の自分の市場価値を、ちゃんと見つめたほうがいいと思う」

帰りの電車の中で、愛奈は〈セクキャバ〉と検索した。セクキャバとはセクシーキャバクラの略称で、店によってルールの違いはあるが、どうやらホステスに触ることのできる、いわゆる「接待を伴う飲食店」のようだ。客とキスをしたり、上半身の服を脱いだり、客の腿に跨がったり、胸を揉まれたり吸われたり。店に勤務する女性の仕事を解説しているサイトを読むうちに、目眩を覚えた。叔父と叔母の顔や、実家に頼ったことなんてない、という忍の主張を思い出し、マスクの内側で何度もため息を吐いた。

それでも、隠さなくてもよかったのに、と愛奈は思う。セックスワーカーに対する差別の問題は、インターネットで見かけて知っている。自分は差別を許さない。弁解の余地なく卑劣な行為だと思っている。しかし、もし忍が励んでいる就職活動が会社勤めを目指したものではなく、好待遇で雇ってくれるセクシーキャバクラ店探しだったとしたら、どうだろう。まったく、一言も反対しなかったと言い切れるだろうか。そう考えると、忍が自分に飲食店で働いていたと言った理由が、少しだけ分かったような気がした。

「ただいま」

愛奈がやや気まずい思いでドアを開けたとき、忍は玄関に背を向け、正座でスマートフォンを凝視していた。イヤホンのせいか、こちらの帰宅に気づいた様子はない。

愛奈はほっとして、まずは手洗いとうがいを済ませた。それから深呼吸をして、忍の肩を軽く叩いた。

「ただいま。エミリさんから受け取ってきたよ」

愛奈は封筒を差し出した。

「あ……あ……愛奈あ」

首だけで振り返った忍は目を充血させ、鼻水を垂らして泣いていた。

「どうしたの？」

「八月二十七日に、Chips! がライブするって」

「一ヶ月後？　急だね」

「解散ライブだって」

「えっ、解散するの？」

「解散して、ジョーとハルオ以外は芸能活動を引退するって。本当に決まっちゃったよお。正直、噂は流れてたし、覚悟もしてたつもりだけど、やっぱり辛い。でも、久しぶりにアカツキに会えるのは嬉しい。情緒がやばい」

話しているあいだにも、忍の目からは涙が流れ続けていた。愛奈は慌ててタオルを手渡した。ありがとう、と忍は珍しく素直に礼を述べ、顔にタオルを押し当てた。間もなく嗚咽が聞こえてきた。

「私、八月二十七日までは就活を休むでね。ライブ後にツーショの撮影会もあるし、日雇いの仕事でもして、とにかく金を稼がんと」

「そこまでしなくてもいいじゃないの？　しーちゃんの状況は前とは違うわけだし、アカツキくんだって、ファンに無理してほしいとは思っとらんよ」

「そりゃあ表向きはそう言うよ。でも、地下アイドルになる奴なんて、みーんな承認欲求の塊だでね。なんでも一番になりたいし、売り上げは多ければ多いほど喜ぶの。それはファンも同じで、貢げば貢ぐほど、周りから認められる。みんな、数字で自分の価値を確かめとるの。そういう世界なの」

忍はタオルから顔を上げ、まだ濡れている瞳で愛奈を見つめた。

「それに、私が今までにアカツキからもらった元気とかときめきを金に換算したら、まだ全然足りん。運営が最後に荒稼ぎしたいだけかもしれんけど、私はアカツキに貢献したい。アカツキを喜ばせたい」

「しーちゃん……」

「私が金を稼いでアカツキに使うのは、正当な支払いだし、礼だから」

最後の一言は、返礼を勧めた愛奈に対する明らかな当てつけだった。分かった、と愛奈は頷いた。それ以外の反応はできなかった。


忍が家にいる時間は激減した。朝早くに起床し、単発のアルバイトに出勤して、勤務は夕方までのはずが、数日に一度は深夜に帰ってくる。帰りが遅い日は入浴も外で済ませているらしく、翌朝の忍からは愛奈が知らないボディソープの香りがした。その大雑把な花の匂いが鼻先に触れるたび、愛奈は言葉になる前の音が喉もとまで迫り上がるのを感じたが、アカツキのためと必死で働く忍の姿に、結局は口を閉ざした。

きみの従姉妹が酔い潰れているから迎えに来てほしい、と愛奈が呼び出されたのは、日本が金二十七、銀十四、銅十七と過去最多のメダルを獲得した、東京オリンピックの閉会式の夜だった。午後十一時を過ぎ、愛奈はすでに眠りに就いていて、スマートフォンの着信音で目を覚ました。寝ぼけまなこで確かめた画面には〈しーちゃん〉と表示されていたが、もしもし、と愛奈が応じると、返ってきたのは男の人の声だった。

急いで着替え、まだ動いていた電車に飛び乗り、男性から教えられた駅に向かった。夕方まで雨が降っていた街には土のような匂いが広がり、そこかしこが濡れていた。雨上がりだからか、日曜の夜だからか、それともオリンピック閉会式の中継があったからなのか、そもそもコロナ禍ゆえか、人出は少ない。途中、愛奈は小さな公園を横切ったが、今話題の路上飲みをしている人もいなかった。

目的の店は、駅から十分ほど歩いたところにあった。個人経営らしい和風の居酒屋で、しかし、看板の明かりが消えている。引き戸には〈本日休業〉の札もかかっていた。数秒、愛奈は入口の前に突っ立っていたが、やがてスマートフォンを取り出し、忍のアカウント経由で男性から届いたメッセージを確認した。やはりここであっている。仕方なく電話をかけた。

「大丈夫大丈夫。鍵はかかってないから、戸を開けて入ってきてよ」

店が閉まっているようだとの愛奈の言葉に、男性はあっけらかんと返した。はあ、と応じて通話を終え、愛奈はおそるおそる戸を引いた。外からは分からなかったが、中は橙色の光で満ちていた。魚や出汁の匂いが漂い、カウンターとテーブルには客もいる。カウンターの内側で大根を切っていた店主らしき男性は、入口でアルコール消毒をする愛奈の姿を認めると、聞いてるよ、座敷ね、と店の奥を指差した。その先に仕切られた空間があると気づいたとき、無精髭を生やした四十代ほどの男性が顔を出した。

「相田愛奈ちゃんだよね。こっちこっち」

手招きに誘われ、個室を覗いた。六帖和室の壁に沿うようにして、忍は寝ていた。膝丈の黒いワンピースからは、白い腿が覗いている。酔い潰れたという男性の表現は誇張ではなかったようだ。愛奈が駆け寄り、身体を揺すっても、丸い瞼は開かない。無精髭の男性は座布団に腰を下ろすと、飲みさしだったらしい御猪口に口をつけた。

「しおりちゃん、店を辞めてから酒をほとんど飲んでなかったらしいね。久しぶりで、ペースが摑めなかったんじゃないかな」

「しおりちゃんって、しーちゃんのことですか？」

「あ、そうか。しおりは源氏名か。でも、本名は言わなくていいよ。個人情報だし。僕にとってはしおりちゃんで充分だから」

この人は忍のセクシーキャバクラ勤め時代の客なのだ。愛奈はようやく状況の一端を理解した。

「しおりちゃんが目を覚ますまで、きみも飲まない？　この店、なんでもおいしいよ。日本酒が苦手だったら、ビールやワインもある」

「でも、お酒の提供は禁止されてますよね？」

東京都は七月十二日に発令された四回目の緊急事態宣言下にあり、飲食店は時短営業と酒類の提供自粛を求められていた。本当は、店に一歩足を踏み入れたときから、いや、電話で迎えを要請されたときから気になっていた。なぜ忍は店で酔い潰れることができたのか。愛奈の問いに、無精髭は片方の口角を上げた。

「だからこっそりやってるんだよ。店主は僕みたいな常連にだけ、コロナ前みたいに店を開けてくれてる」

「それって、だめですよね。感染拡大のリスクがあります」

「きみは真面目だなあ。しおりちゃんが言ってたとおりだ。でも、緊急事態宣言を出して、店でおいしい酒を飲みたいという庶民のささやかな幸せを取り上げておきながら、無観客とはいえ、オリンピックとパラリンピックは決行する。きみは本当に納得してるの？　世論調査でも反対派の人のほうが多かったのに。これじゃあまるで、国のために国民が存在しているみたいじゃないか。本来は、その逆。国民のために、国があるべきだろう。いやいや、こんなことを言うと、きみは僕を強固なオリンピック反対論者だと思うかもしれないけど、違うんだよ。酒好きも国民なら、アスリートやスポーツファンだって国民だ。彼らの気持ちも尊重される必要があると思う。でも、このやり方はおかしいよ。全国の居酒屋店主の負担が、いまだにまったく解消されていない。この店もね、給付金をもらっても、表向きの営業時間だけでは経営が立ち行かないんだよ。コロナの前は人気店だったのに。国がなにもしてくれないなら、自分たちでどうにかするしかないよね」

無精髭は少し高い声音でよく喋った。もともとこういう性格なのか、酔いによるものかは、初対面の愛奈には分からなかった。

「私だって、オリンピックの開催には全然納得してないです。でも──」

「だったら、きみはソフトドリンクを頼めばいいよ。僕も、酒はこれで最後にする。だから、少し付き合ってよ。しおりちゃんがきみのことばかり喋るから、すっかり興味が湧いちゃったんだよね」

「しーちゃんが、私のことを?」

「うんうん。今、一緒に暮らしている従姉妹がいかに運がよくて正しくて、心が強いか。特に酒が回ってからは、きみのことしか話してなかったな」

愛奈はふたたび忍を見遣った。忍から心が強いと思われていたとは知らなかった。そんなことはないのに、と真っ先に思う。眠る忍の顔は赤く、マスカラの繊維が下瞼についていた。朝、顔を合わせたときには、今日は倉庫で配送品の仕分けに行くと言っていた。そのあとに知り合いと会うから、夕飯はいらないとも。

「目を閉じてると、あんまりみやさくに似てないよね」

無精髭が呟いた。

「どうなんですかね」

「冷たいなあ。まあ、きみには僕と飲むメリットはないかもしれないけど、今、しおりちゃんを強引に起こして連れて帰るより、彼女の酔いが落ち着いてから一緒に帰るほうが、安全だとも思うよ」

「……分かりました」

愛奈は少し考えてから承諾し、忍が座っていたと思われる、無精髭の正面の座布団に腰を下ろした。座布団はもう温かくはなかった。飲みものにウーロン茶と、無精髭に薦められ、揚げ出し豆腐を注文した。

「いやあ、今日はいい日だな。しおりちゃんと、しおりちゃんの従姉妹と飲めるだなんて。一応、きみも二十代の女の子だもんね。全然似てないけど」

「しーちゃんとは、何時から飲んでたんですか？」

テーブルの上は片づいていた。ふたつの御猪口と一本の徳利、二枚の取り皿と、半分ほど残った煮魚の器があるだけだ。一人が酔って倒れるほどの飲み会が行われていたようには見えなかった。

「んー、六時かな」

「ずっと二人だけで?」

「そうだよ。少し前に僕がしおりちゃんにイヤホンをあげてね、その礼をしたいって言われたんだ。下着姿の写真を送るとか、テレビ電話で三十分話すとか、しおりちゃんからはそういうことを提案されたんだけど、それよりも僕は彼女とゆっくり飲みたくて。あ、もちろん、酒代は僕持ちだよ」

忍の返礼内容に、愛奈は驚かなかった。薄々勘づいていたような気すらした。ただ、イヤホンという単語にはっとして、無精髭を正視した。

「もしかして……トーテムさんですか?」

「あ、しおりちゃんから聞いてた? そうそう、僕がトーテムです」

トーテムが歯を見せてにいっと笑ったとき、ウーロン茶が運ばれてきた。乾杯、と御猪口を突き出され、なかば反射的にグラスを当てる。送り状の〈送り主〉の欄にあった〈トーテム様〉の表記は、段ボール箱を資源ゴミに出したあとも愛奈の頭に残り続けていた。この人が、忍に二万五千円のイヤホンをプレゼントしたトーテムか。

ひそかに興奮を感じた。

「あのっ、訊いていいですか?」

愛奈の態度は一変した。トーテムは驚いたように目を見張ったが、すぐに、どうぞどうぞ、と表情を崩した。

「トーテムさんは、どうしてしーちゃんにイヤホンをあげたんですか? しーちゃん以外にも、こういうプレゼントみたいなことはよくやるんですか?」

「理由は、相手を喜ばせたい以外は特にないよ。よくやるってほどでもない。僕はTwitterで可愛い女の子だけフォローしてるんだけど、彼女たちのほしい物リストがたまたまタイムラインに流れてきて、気が向いた場合にのみプレゼントしてるって感じかな」

「あんなに高いものを?」

「それもまちまちかな。二、三千円くらいのときもあるよ。しおりちゃんのときは、店で実際に会ったことがあったのと、生活に困ってるみたいだったから、ちょっとだけ奮発したかもね」

愛奈はマスクを取り、グラスに口をつけた。酒にはおそらく強いが、おいしさが分からないため、職場の飲み会でも二杯目以降はウーロン茶を頼んでいた。だが、自宅ではウーロン茶も飲まない。久しぶりに感じる苦みに、愛奈は自分が居酒屋にいることを再認識した。

「女の子からお返しはもらうんですか？」

「もらわないよ。普通はお返しがしたいなんて言われないし」

「あげっぱなしっていうのは、気にならないんですか？」

質問ラッシュだね、とトーテムは笑った。と、襖が開き、割烹着姿の女性が揚げ出し豆腐を持ってきた。もわもわと大量の湯気を放っている。ここの揚げ出しは絶品だから、熱いうちにね、とトーテムに言われ、愛奈は取り皿によそった。息で冷ましてから口に入れると、出汁と生姜の豊かな風味が広がった。豆腐の衣はまだかりかりで、嚙むごとにつゆに溶けていく。

「すっごくおいしい……です」

「でしょうでしょう。揚げ出し豆腐のオリンピックがあれば、金メダルを狙える味だよ。でも、表向きの営業時間だと、店主がこれをふるまえるのは、午後六時から八時までの二時間だけ。立派な損失だよね」

トーテムは苦笑いで首を振ってから、なんの話だっけ？　と愛奈を見た。

「プレゼントをあげっぱなしでいいのかっていう話です」

「ああ。みんなすごく感謝してくれるから、僕はその言葉だけで充分だよ。可愛い女の子を喜ばせるほど気持ちのいいことはないからね。しおりちゃんの場合も、僕は本当に礼はいらなかったんだ。彼女の気が済まないみたいだったから、飲み会の話を持ちかけたまでで」

「もらいっぱなしは、気が引けるから……」

愛奈は自分でもなにが言いたいのか判然としないまま、いつかの千石の言葉を繰り返した。

「そうそう。まあ、ポトラッチだよね」

「ポトラッチ？」

「モースの『贈与論』って、知らない？　聞いたことない？」

「知らないです」

「じゃあ、教えてあげる。『贈与論』は、フランスの社会学者だったマルセル・モースが一九〇〇年代の前半に出した本で、贈与について書かれてるんだ。ポトラッチはそれに出てくる言葉で、北米の北太平洋沿岸の先住民による宴の風習のことなんだけど、もとはチヌーク族の言葉で、贈答の意味があるんだよ」

「チヌーク族……」

愛奈はテストの問題がまったく解けない、学生時代の夢を見ているような気持ちになった。一方のトーテムは、楽しそうに喋り続けている。

「面白いのは、ポトラッチには返礼が義務づけられてることでね。先住民族のあいだでは、人からものをもらうことは、その人の魂を受け取ることと同義なんだ。他人の魂を持ち続けることは危険で、死をもたらすとも言われてた。実際、返礼が充分でないときには、名誉や威信を失うことにもなったんだよ。でも僕は、これは順序が逆だと思ってる。あげっぱなし、もらいっぱなしでは心が落ち着かない人間の性質が魂うんぬんの理屈を生んで、文化として先住民族の生活に根づいていったと考えるほうが自然だよね」

ああ、と愛奈は声を漏らした。〈これで仕事を頑張れます。ありがとう〉というメイシャン先生のツイートを読んだあとの、あの怒り。宝くじ売り場に御礼参りに行かずにはいられなかったこと。忍が、自分は金を稼いでアカツキに使いたいのだと訴えていたこと。贈答に見合った返礼をもらわなければ、あるいはしなければ、大きなものに飲まれていくような感覚は、確かに魂に関係していると言われても合点がいった。

「トーテムさんは、どうしてそんなことを知ってるんですか？」

いつの間にか口の中が渇いていた。愛奈は揚げ出し豆腐をおかわりして、ウーロン茶を半分ほど飲んだ。

「んー、大学の専門が『贈与論』だったからね」

「大学の先生だったんですか？」

「違う違う。大学時代に専攻してたのが、社会学だったってこと」

「じゃあ今は、社会学に関係したお仕事をしてるんですか？」

「ううん。仕事はマンションの管理人」

「マンションの管理人さんですか。大変ですね。ゴミ出しのルールとか、守らない人もいると思いますし」

愛奈は心から同情していた。自分も上の階の騒音に耐えかねたり共用廊下の汚さに辟易したりして、管理会社に連絡したことがあったのだった。だが、トーテムは拳を口に当てると、きみって本当に面白いね、と大笑いした。

「マンションって言っても、親の持ちものだからね。実質的には無職だよ」

「仕事してないんですか」

愛奈は部屋を見回した。トーテムに、忍に、自分。値の張りそうな居酒屋に居合わせた三人が、全員定職に就いていない。そう思うと、常識の外にはみ出たような気持ちになった。

「大学を出てから三年くらいは働いてたけど、あんまり性《しょう》に合わなかったんだよね。って、僕のことはともかく、贈りものにはそれくらい相手に返礼を迫る力が宿ってるんだよ。呪術的とも言える」

愛奈につられてか、気がつくとトーテムも忍を見ていた。

「呪術的……」

「だから、人にプレゼントをするのはいいことでもなんでもない。あれは社交だよ。見返りに感謝の言葉すら求めない本当の贈与をしたいなら、そうと分からない形にしないと」

「そんなの、ありますか？」

「いろいろあるけど、例えば、公による給付の制度には、贈与から人間の生々しい感情を削ぎ落とした面があるよね。その上、担う側と受け取る側をはっきりとは二分できないから、呪いが発動しづらい。社会保障のための消費税から逃れられる人間はいないからね」

「あっ、じゃあ寄付は？」

「うんうん、寄付もそうだね。なーんだ、しおりちゃんの話ほどきみは馬鹿じゃないじゃないか。そうそう、つまり、個が薄れて、相手の顔が見えないことが重要なんだ。誰を助けているのか、誰に助けられているのか、個人が分からないほうが、互いに負担を感じにくい。情報があるほど、人は他人をジャッジしたくなるからね。人類が真に助け合えるとしたら、それは社会的な制度を通してでしかないと、僕は常々思ってる。まあ、国民の声に耳を傾けようとしない今の政府のもとでは、到底不可能だろうけど」

トーテムは満足げに言うと、御猪口の中身を飲み干し、全部食べていいからね、と揚げ出し豆腐の器に触れた。愛奈はトーテムの言葉を受け入れた。多少冷めて衣がしっとりしても、この店の揚げ出し豆腐は本当に美味だった。

「そういえば、きみは寄付をしてるんだってね」

「それもしーちゃんから聞いたんですか?」

愛奈はぎくりとして箸をとめた。ほしい物リストから贈りものをするのはやめたが、福祉団体やNPOに対する寄付と支援は続けていた。

「しおりちゃんが、一緒にスーパーに行ったときに、きみが釣り銭を募金箱に入れるのを見たって」

「ああ……はい」

忍は同居の従姉妹が百万円単位の振り込みをしていることに気づいたわけではない

らしい。愛奈は安堵すると同時に、自分はあと何回、ぎくりとしてほっとする流れを味わうのだろうと思い、急に疲れを覚えた。

「しかも、しおりちゃんが言うには、きみは自分には金を全然使わないんだってね」

「お金がかかる趣味もないので」

「きみの正しさには余白がないね」

揚げ出し豆腐のつゆを木のスプーンで飲んでいた愛奈は、まず手をとめ、それから呆然とした。ひどく失礼なことを言われたような気がする。なぜみんな、忍もかつての同級生も——「ポリスメーン」とはなんだ、と今さらながらに思った——元同僚たちも、遠回しには親も、こちらの正しさを揶揄するのだろう。理解されないのはいつものことだと思おうとしたが、想定外の方向からナイフが繰り出され、ふいうちで心が傷ついていた。

「正しさの余白って、なんですか？」

「車のハンドルのあそびみたいなものだよ」

「あそび？」

「車の教習所で習わなかった？」

「覚えてないです……」

なにせ自分は、普通自動車運転免許（AT限定）の試験に計四回落ちている。その事実を思い出すたびに、日ごろ気づかないふりをしている劣等感に苛まれた。高校でテストの順位が最下位だと噂されていた子も、自動車教習所で見かけた日本語があやふやだった人も、自分より先に合格していった。また、一歩外に出れば、地元も東京も車だらけで、この国に生きる十八歳以上の人間は、全員が免許を持っているような気持ちに駆られた。

「ハンドルのあそびっていうのは、ハンドルを動かしてもタイヤが動かない、連結にゆとりがある領域のことだよ」

「それは絶対に必要ですか？　ハンドルと正しさに、どんな関係があるんですか？あそびを手に入れるにはどうすればいいんですか？」

愛奈は思いつくままに質問を口にした。そうしなければ、焦燥で胸がただれそうだった。

「まあまあ、落ち着いて」

トーテムは顔の前で手を広げ、にやにやした。

「あそびが絶対に必要だとは、僕は言わないよ。現にF1カーみたいに、あそびがほとんどない車もあるからね。ただ、いろんな人間がごろごろ存在してるこの世界は、サーキットよりはオフロードに近いと思う。あそびがあるほうが、きみ自身も生きやすいんじゃない?」

「……生きやすさって、そんなに大事ですか? 正しさよりも?」

声がかすれた。正義を危険物として扱おうとする最近の風潮に、愛奈は釈然としないものを感じていた。例えば、マスク警察や自粛警察の一方的で過激な言動には賛同できないが、ルールやマナーを可能な限り励行するのは当然のことだと思う。大勢の安全のためだ。ひいては幸福のためだ。だいたい、自分は正しさが的確に遂行されているときにこそ、息がしやすい。正しさと共にある限り、自分は一人ではない。社会の一員でいられる。トーテムの論説は、そういう人間のほうを向いていないのではないか。

今度の愛奈の問いかけに、トーテムははっきりとは答えなかった。

「愛奈ちゃんは大変な子だなあ」

「どうしてですか？　なにがですか？」

「そういうところだよ」

トーテムが笑ったとき、忍が呻き声を上げ、身じろぎした。

「そろそろ目を覚ましそうだね。おかみに冷たい水を持ってきてもらおう」

トーテムは立ち上がり、襖を開けて水を頼んだ。自分の座布団に戻る途中、愛奈のそばに片膝をつき、そうそう、と耳打ちするように声を潜めた。

「しおりちゃんね、消費者金融で借金してるみたいだよ」

「借金？」

「やっぱり聞いてない？　一ヶ所からではなさそうだったよ。推しのなんとかくんに貢いでるんだってね。きみとしおりちゃんは、本当に正反対だね。心配だから、一応きみには伝えておくよ」

頭がくらくらした。忍がセクシーキャバクラで働いていたと知ったときよりも、よほど衝撃的だった。「借金取り」や「風俗に沈められる」といった、どこで見聞きしたかも分からない言葉が脳裏に浮かび、心臓は全力疾走後のように脈を打ち始めた。

愛奈は胸に手を当て、小さく唸った。

「あれ……愛奈？　なんで？」

愛奈が振り向くと、忍が上半身を起こし、やや細めた目でこちらを見ていた。

「トーテムさんに言われて、迎えに来たんだよ」

「そうなの？　ごめんねえ。ありがとう」

トーテムの存在を思い出したのか、忍の喋り方は出し抜けに舌っ足らずになった。ちょうど届いたグラスの水を両手で持って飲み、ああ、おいしい、とはにかんだように笑う。童顔を活かし、セクシーキャバクラではこういうキャラクターで働いていたのだろうと、その手の事情に疎い愛奈にもぴんときた。だが、トーテムはすでに素の忍を知っているような気がした。

「さあ、帰ろうか」

トーテムは個室に店の人を呼び、クレジットカードで会計を済ませた。その様子を見ながら、彼が本当に無職ならば、今回の飲食代を実質的に払っているのは誰なのだろうと愛奈はぼんやり考える。ウーロン茶と揚げ出し豆腐の代金は自分で出すと言ったが、トーテムは取り合わなかった。三人で店を出ようとしたとき、店主らしき男性と、トーテムが「おかみ」と呼んでいた女性がやって来て、いつも本当にありがとうございます、と深々と頭を下げた。

「また来ますから」

トーテムは鷹揚に片手を上げた。

忍に金を貸す決意が固まるまでに、愛奈は一週間ほど悩んだ。自分が大金持ちであることをどう説明すればいいのか分からなかった。この期に及んでも、なるべく嘘は吐きたくない。だが、すべてを正直に伝えれば、銀行口座に二億円近い——連日の寄付により、一億八千万円までは減っている——預金があると知られることになる。散々迷った末、具体的な数字は伏せ、実は去年、宝くじに当選したのだと忍に打ち明けた。

「えっ、すごい。いくら当たったの？」

「えっとね、一、二年は仕事をしなくても大丈夫なくらい」

これは嘘ではない、と愛奈は自分に言い聞かせた。

「一、二年？　じゃあ、五百万とか？　あー、分かった。だから仕事を辞めて、しかも、いまだに就活しとらんかっただね。全部繋がったわ。それにしても、五百万？　さっすが愛奈だら。顔とスタイルと頭の良さと運動神経と、あと人望を引き換えに、強運を手にしただけあるわ」

忍は唇をひん曲げて笑い、頭に載せていたタオルで髪を拭いた。忍はシャワーを浴びたばかりだった。今日のアルバイトは、モデルルームに家具を搬入し、それを組み立てるという力仕事だったらしく、疲れたからと数日ぶりにまっすぐ帰宅していた。

「でも、なんでその話を私にするの？　自慢？」

「私、しーちゃんにお金を貸したいじゃんね。もちろん、利子はいらない」

忍は一瞬、髪を乾かす手をとめた。だが、なにも言わないうちに再開する。その動きは徐々に激しさを増して、乱れた髪とタオルで顔が見えない。愛奈は息を殺して返事を待った。雨の音が妙に響いて聞こえた。近ごろは悪天候が続き、今日も昨日も一昨日も雨だった。

「なんで急に？」

やがて忍はタオルを肩にかけ、光の宿らない目で愛奈を見つめた。

「トーテムさんが、しーちゃんには借金があるって――」

「あのくそ童貞がっ」

忍はため息混じりに吠えた。

「でも、トーテムさんは、しーちゃんを心配して――」

「ってことは、なに？　愛奈が私の借金を肩代わりしてくれるの？」

「金額によるけど、私のお金で先に返しちゃったほうがいいのかなって――」

「二」

忍は奥行きのない眼差しのまま、ピースサインを愛奈に突きつけた。愛奈もとっさに指で同じ形を作った。

「二？」

「二百万。今、全部でたぶんそれくらい」

「二百万……」

想像していたよりも高額だった。愛奈は宙に視線をさまよわせた。本音を言えば、アイドルを応援することがなぜ借金に繋がるのか、まるで理解できない。アイドルとは、人に元気を与える職業ではないのか。また、忍のように自らを追い込むファンがいることを、アイドル自身や運営スタッフが把握していないとも思えない。だが、今、そこを追及しても仕方がない。

「分かった。それに三十万をつけるでね」

「なんで?」

「三十万は、ラストライブの資金にして」

「は?」

「私はしーちゃんに、働きすぎないでほしい」

愛奈は忍がアルバイトのあとに個人でこなしている仕事について、一切触れなかった。だが、忍は愛奈が言わんとしていることに気づいたようだ。二人はしばらく無言で見つめ合った。愛奈の目には、忍の頬がわずかに赤らんでいるように映った。秘密を知られた羞恥を感じているのかもしれなかった。

「すごいね。金って、人の行動に口出しできる権利も買えるだね」

忍は肩からタオルを引き抜き、愛奈に投げた。愛奈は慌てて手を伸ばし、湿ったそれをキャッチした。

「分かった。二百三十万、あんたに借りるわ。借用書はそっちが準備してね。まあ、踏み倒すかもしれんけど」

それでもいい、と言いかけて、愛奈は首を横に振った。

「そのときは取り立てるでね。絶対に諦めないから」

「確かに、あんたってしつこそう」

忍が顔をしかめる。だが愛奈には、忍がわずかに身体の緊張を解いたように見えた。

「こんなに暑い中、散歩するなんて、馬鹿の極みだら。溶ける。もう溶けてる。肌がベタベタする。帰りたい」

忍は文句を言いながらも愛奈の斜め後ろを歩いている。よほど日に焼けたくないのか、紫外線を百パーセントカットできるという帽子とアームカバーを身に着け、愛奈の長ズボンを穿き、その上で日傘を差していた。快晴と呼ぶには雲が多かったが、忍曰く、曇りのほうが紫外線はやばい、らしい。

「でも、運動は身体にいいでね」

「あのね、今日は休みだけど、私はほぼ毎日働いとるの。動いとるの。無職のあんたと一緒にせんでくれる？」

「そうかもしれんけど」

二人で上野公園に来ていた。Chips! の解散ライブまで、ついにあと一週間となった。忍は以前のような働きづめではなくなったが、家ではアカツキとの写真の束を何時間も眺めていたり、突然泣き出したりして、日に日に追い詰められているように見えた。そこで、気分転換になればと外に連れ出したのだ。自転車が一台しかないため、徒歩でアパートを出て、公園に辿り着くまでにすでに二十八分が経っている。学校はまだ夏休みのはずだが、思っていたよりも人出は少なかった。

「あっ、期間限定のピーチフラペチーノだって」

忍が急に溌剌として、スターバックスの前に立っていたのぼりを指した。

「絶対うまいやつじゃん。ねえ、愛奈。奢って」

「嫌だよ。あれ、一杯七百円くらいするら？　私が前に働いとった保育園なら、保育士も一日三百円で給食が食べられたでね。七百円なんて、二日ぶんの昼ご飯じゃん」

「はー、けちだねえ。五百万も当てたくせに」

忍は大袈裟にため息を吐き、柄を回すように日傘を持ち直した。宝くじに当たったと話してからというもの、一日に何度もたかられている。愛奈が嘘を吐くとは思っていないのか、当せん金額を疑われたことはない。ジュースや菓子や洋服をせびられるたび、愛奈は忍の面の皮の厚さに呆れたが、一方で、胸に風穴が開いたようなすがすがしさも感じていた。大金を手にした経験を親にも告げずにいることに、心のどこかで限界を感じていたのかもしれない。

「やっぱり飲みたい。飲むわ」

スターバックスの前を通り過ぎたとき、忍が地団駄を踏むみたいに立ちどまった。

「ええっ」

「だって、期間限定だよ？　自分の金で買う。だったらいいら？」

「借金があるのに？」

「うるさいっ」

忍は吐き捨て、店舗の入口から延びている列のほうへ歩いて行った。愛奈はあたりを見回し、空いていたベンチに腰を下ろした。そこは木陰で、座った瞬間には涼しさを感じたが、すぐに全身が暑気に包まれていく。愛奈は水筒の氷水を飲み、数年前に百円ショップで買った扇子で顔を扇いだ。目の前では水の柱が縦に伸び、縮み、数を増やし、減らして、風景の一角を彩っている。愛奈はその噴水の様子をぼうっと眺めた。炭酸水をグラスに注いだときのような、爽快感のある音が耳に心地よかった。

この噴水を最初に目にしたとき、愛奈は中学三年生だった。修学旅行の班別行動で、愛奈の班は国立科学博物館と上野動物園へ行くことに決まっていた。当日、先に博物館を回り、あらかた見終えたところで、愛奈は同じ班の仲間三人をミュージアムショップに残してトイレに立った。当然、断りは入れていたが、用を足して店に戻ると、三人の姿は消えていた。二十分ほど店の前で待ったが、一人として戻ってくる気配はなかった。

十五歳の愛奈は困った。三人を探しに行きたいが、今、ここを離れたら、行き違いになるかもしれない。迷子案内のように館内放送で呼び出してもらおうか。それとも公衆電話を見つけて、緊急連絡先である教師の携帯電話にかけたほうがいいのか。ヒントを求めて「修学旅行のしおり」をリュックサックから取り出そうとしたとき、後ろから肩を叩かれた。

「ねえ、ちょっと」

手の主は忍だった。本校の生徒として恥ずかしくない行動をするよう、教師から散々注意されたからなのか、普段よりも制服のスカート丈が長い。なぜか異様に険しい目をしていた。

「あ、しーちゃんの班も博物館にしたんだ」

「そうだけど、そうなんだけど、今、そんなことはどうでもいいから」

忍は愛奈の制服の裾を摑み、太い石柱の陰に引き込んだ。いつにも増して苛々した様子だった。

「愛奈の班の人なら、あんたを置いて動物園に行ったよ」

「なんでしーちゃんがそれを知っとるの？」

「ここで土産を見とったら、沢井たちが、先に行っちゃおうよって言っとるのが聞こえたの。あんた、沢井と同じ班だら？」

「あー、そっか。しーちゃんも沢井くんも、去年、二組だったもんね。じゃあ、私も動物園に行ってみるわ。教えてくれて、ありがとね」

愛奈は頷き、リュックサックを背負い直した。だが、次の瞬間、ふたたび裾を引っ張られた。今度はさっきよりも力が強かった。

「それだけ？」

「それだけって？」

「あんた、ショックじゃないの？　置いてきぼりにされただよ」

忍は愛奈の眼球の底を確かめるような目つきになった。その迫力にたじろぎ、愛奈は一歩後ずさった。忍を苛立たせている原因が分からなかった。

「でも、沢井くんたちに急ぎたいわけがあったのかもしれんし。ほら、動物園って、餌やりの時間とかあるじゃん」

本音を言えば、どんな理由であれ、トイレから戻ってくるまでは自分を待っていてほしかったと愛奈は思う。だが、事前準備で班ごとに話し合う時間に、沢井たちから嫌がらせを受けたことはなかった。にもかかわらず、三人の悪意を安易に疑うのは、さすがに憚られた。

忍の手が愛奈の裾から離れた。

「私、愛奈が羨ましいわ」

その呟きは、愛奈が空耳と疑うほどに小さかった。話の流れに沿っているとも思えず、なに？　と聞き返したとき、忍は班の仲間に呼ばれ、愛奈と距離を取った。相田さんと友だちだったっけ？　と仲間に訊かれて、ううん、リュックがぶつかっちゃったじゃんね、と返している声が聞こえる。愛奈は自分がここにいてはいけないような気がして、早足で博物館を出た。そうして動物園を探している最中に、噴水の近くを通りかかったのだった。白くきらめく水しぶきを見ながら、忍が学校では口を利かないという決まりを破り、一人で呆然としていた自分に声をかけてくれたことに、愛奈はようやく気がついた。

「あんたねえ……。どこにいるか分からんくて、何回電話したと思っとるの」

愛奈が意識の焦点を現在に戻すと、日傘の持ち手にスターバックスの紙袋を引っかけ、スマートフォンを構えた忍が、大股で近づいてくるところだった。

「あ、ごめん。スマホ、家に忘れてきたかも」

「そんなことだろうと思ったわ」

忍は愛奈の隣にどっかと座り、紙袋に手を入れた。

「はい、これ。ちょっと溶けちゃったけど」

忍が突き出したのは、ピンクと白のマーブル模様が透けて見える、プラスチックのカップだった。もう片方の手にも同じものを持っていた。愛奈を見つけるのに時間を要したからか、どちらのカップも結露していた。

「ついでだったから。二百三十万返すのも、二百三十万千四百円返すのも、もはや変わらんし」

「あ、ありがとう」

愛奈は躊躇いつつも受け取り、マスクを顎にずらした。口をストローにつけると同時に、桃の気高い香りが鼻を抜ける。さっぱりした甘さとまろやかな酸味、なによりこまかく砕かれた氷の冷たさが全身に染みるようだ。愛奈は夢中で飲んだ。フラペチーノを飲むのは生まれて初めてだった。

「うまいら?」

「信じられんくらいにおいしい。すごいね。天国の飲みものみたい」

「そう。スタバって、そうなのよ」

忍はまるで自分が褒められたかのように笑った。


その日、忍は起床直後から様子がおかしかった。目や身体の動きがのろく、ときどき空咳をして、朝食を食べるのにも時間がかかっている。心なしか顔色も悪い。愛奈は嫌な予感がして、出勤の支度をしていた忍に体温計を押しつけた。忍は受け取りたがらなかったが、愛奈が一歩も引かずにいると、抵抗する気も失せたのか、渋々脇に体温計を挟んだ。

「三十七度四分だって」

電子音が鳴ると、忍は体温計の数字を読み上げた。二人の視線がぶつかる。愛奈の頭の中には、ひとつの単語が浮かんでいた。それは忍も同じらしく、今までに見たことがないほど神妙な面持ちだった。

「とりあえず、今日は休んだほうがいいじゃない？　これからもっと上がるかもしれんし」

一番言いたいことに触れる勇気はまだなく、愛奈はひとまず今日のアルバイトに言及した。そうする、と忍が大人しく頷いたことに安堵する。忍自身にも無理を押して働く気持ちはないようだ。愛奈は布団を広げ、しばらくこっちで寝りん、と枕に触れた。単発のアルバイトを始めてから、忍が昼に布団で休む機会は減っていた。それが身体にたたったのかもしれなかった。

「あ、この家に風邪薬ってある？　さっさと治しちゃいたいじゃんね」

部屋着のTシャツと短パンにふたたび着替えた忍が、布団に横になりながら尋ねた。

愛奈には、忍が「風邪」を強調して発音したように聞こえた。

「ある……けど」

「けど？」

「ううん、なんでもない。今、用意するね」

薬を飲んで間もなく、忍は眠りに就いた。愛奈はそのタイミングでマスクを着け、換気のために窓を開けた。車の走る音が急に近くなる。本当は部屋中をアルコールで消毒したかったが、実行すると、もっとも恐れている事態が現実になりそうで、我慢した。

忍は午前十一時過ぎに目を覚ました。熱は三十七度七分に上がっていた。

「ねえ、しーちゃん。私が保健所に電話するから、病院に――」

「嫌。行かない」

忍は布団に仰臥《ぎょうが》したまま首を横に振った。朝より声がかすれ、咳の頻度も上がっている。愛奈が茶碗に盛った粥にも食欲が湧かないようだ。辛そうに見えるのは平熱が低いからだと忍は言い張っているが、明らかにそれだけでは説明がつかない域に症状が突入していた。

「健康保険料を滞納しとるから、いくら請求されるか分からんもん」

「でも――」

「嫌だってば。絶対に行かない。病院に行ったら検査になるら？　万が一、陽性って言われたら、保健所の監視がついて、ライブに行けんくなる」

Chips! のラストライブが、とうとう三日後に迫っていた。引退が決まっているアカツキにとっては、文字どおりにこれが最後のステージとなる。忍が素直に病院で受診するとは、愛奈もはなから思っていなかった。現に忍は、陽性の検査結果さえ突きつけられなければ、自分は新型コロナウイルスに感染していないものと捉えるつもりでいるらしかった。

「どうしても行くんだ」

「当たり前じゃん。なんのために私が今日まで働いとったと思ってるの？」

「でも、二十七日までに熱が下がらなかったらどうするの？　会場の入口でも検温があるら？」

「そんなの、直前に冷えピタとか使えばなんとでもなる」

「それでChips!のメンバーがコロナにかかったり、クラスターが起こったりしたら、しーちゃんが後悔することになるだでね」

「しない」

言い切ると、忍はまた咳をした。

「大丈夫?」

「大丈夫だってば。あのね、なにがどうなろうと、アカツキの最後に立ち会えないこと以上の後悔は、私にはない。アカツキだって、私のことを待っとるじゃんね。私が行かんと、ツーショ会の売り上げが激減する。クラスター? 知らんわ。ファン仲間なんて、実際はライバルみたいなものだでね。あの人たちのことまで、いちいち心配しとれんわ。だいたいメンバーもファンも若いから、コロナにかかったところで重症化せんら。それよりも、ずっとアカツキを推してきて、金もいっぱい使ってきて、これでラストライブに行かんだなんて、考えられん。この三年間、私はアカツキのために生きてきたじゃんね。いろんなことがうまくいかんくて死にたくなっとった私に、アカツキは、俺を生きがいにしなよって言ってくれた。ものすごく嬉しかった」

忍は光をたたえるように濡れていく目を隠そうとはしなかった。あ、こぼれる。愛奈が胸中で呟いた刹那、忍の目尻からまさに涙が溢れた。二本の透明な筋は彼女のこめかみを通り抜け、髪にまぎれて見えなくなった。

「愛奈がとめる理由も分かるよ。そっちのほうが正しいのも分かっとる。でもそれは、愛奈みたいに、自分には未来があるって信じられる人にとっての正しさじゃんね。悪いけど、今しかない私には響かない」

声の荒れない静かな訴えは、いっそ優しい音色を伴っているかのようだった。愛奈は忍の瞳から視線を外した。その途端に、枕もとの茶碗が目に留まる。自分も別に、未来があると信じているわけではない。普通に生きているだけだ。そう返したかったが、粥に添えた梅干しが忍に味方するみたいに赤さを主張していた。去年、あれを漬けながら、自分が考えていたことはなんだ。梅干しが無事に完成し、おいしく食べている自分の姿だったではないか。つまるところ、あれが未来なのだ。未来を持っているということなのだ。

自分には今しかない。その感覚で送る生とは、どういうものなのだろう。目の前のことがすべてで、その先は自分が生きていなくても構わない。そんなふうに思い続けることだろうか。だとすれば、忍の覚悟は命懸けだ。若者がウイルスを媒介する形で、重症化リスクの高い人が感染する可能性もあるだとか、命懸けで仕事をしている医療従事者に申し訳ないと思わないのかとか、自分がニュースサイトから得た知識は、おそらく反論材料にならない。響かないどころか、忍の心をかすりもしないだろう。愛奈は忍に視線を戻した。濡れて数本ずつが束になっている睫毛を見るうちに、忍の覚悟が命懸けなら、今、強引にとめるのは、彼女の命を軽視することになるのではないかという考えが頭に浮かんだ。一度そう思うと、もうだめだった。アカツキを除き、愛奈はChips!メンバーの見分けがつかない。忍以外のファンの名前も知らない。愛奈にとって、Chips!周辺で真に存在している人間は、忍だけなのだ。

「分かった」

愛奈は頷くと、自分のスマートフォンを手に取った。

「なに？　どうするの？」

愛奈が独断で保健所に連絡すると思ったのか、忍の目に怯えが走った。

「テレビで看護師さんがよく使っとる、カップ型のマスク。あれを通販で買うわ。あと、着けてるのが目立たん、薄いビニール手袋も」

「なんで？」

「そのマスクと手袋を着けて、二十七日のライブに行きん」

ほかに術はないと愛奈は感じていたが、いやいやいや、と忍は顔を引き攣らせた。

「カップ型のマスクって、あのクマの口みたいにこんもり膨らんどるやつだら？ あんなのを着けて地下アイドルのライブに来る人なんて、誰もおらんし」

「平気だら。こんなときだから、周りはたぶん、しーちゃんのことを、しっかり予防したい人なんだなって思うはず。要は、しーちゃんが人にうつすリスクを下げればいいじゃんね。はい、お急ぎ便で、明日には届くようにするでね」

愛奈は微粒子用マスクの中でも値の張る、国家検定合格品かつ高性能の商品とビニール手袋をカートに入れ、購入の手続きを済ませた。

「……金があるって、本当に強いよね」

「私はしーちゃんを助けたいだけだよ」

「そんなのエゴじゃん。愛奈って、実は私よりわがままだら」

「あ、そうかもしれん」

愛奈がはっとすると、忍は笑い声のような息を漏らした。

「自覚があるなら、まあいいか。じゃあ、そのマスクと手袋を着けてライブに行くとするかね」

それから忍はふたたび風邪薬を服用し、眠った。


忍の熱は、その日のうちに三十七度台前半に下がり、翌朝、平熱に戻った。愛奈が検索したところによると、感染を疑われる人が医療機関を受診する目安は、「息苦しさや高熱などの強い症状がある」か「比較的軽い風邪の症状が四日以上続く」場合で、高熱とは三十八度以上を指すことが多いようだ。ということは、忍の体調不良の原因は新型コロナウイルスではない。二人はそう結論づけた。

しかし、二十六日の夕食後、今度は愛奈が急な寒気に襲われた。震えで歯の根が合わないほどで、身体もだるい。愛奈はまたしても嫌な予感を覚えた。だが、三十枚以上の便せんを費やし、アカツキ宛の手紙を綴る忍に、具合が悪いとは言い出せなかった。愛奈が新型コロナウイルスの感染者となれば、忍は間違いなく濃厚接触者だ。待機期間が発生し、外に出られなくなる。ここまできたからには、忍にはChips!のラストライブを全力で味わってほしい。病院には、明日の夕方、忍が家を出たあとに行こう。愛奈はそう決意すると、少しでもよくなることを願い、早めに床に就いた。

愛奈が目を覚ましたとき、あたりはまだ暗かった。寒気が引いていないにもかかわらず、全身が熱い。特に喉は発火しているかのようだ。時間をかけて身体を動かし、忍の様子を確認した。どうやら忍はこの部屋に転がり込んできた日と同じく、壁にもたれて眠っているらしい。今のうちに、と愛奈は四つん這いでトイレに向かった。壁に手をつきながら用を足し、ほっとして布団に戻る途中、意識が遠のいた。なんの前触れもなかった。

愛奈はそのまま床に伏せた。

森を切り開いて作った広場の入口に愛奈は立っている。両脇には人間の顔が模様として彫られた木がそびえていて、まるで門柱のようだ。少し離れたところから眺める広場は、中央だけが赤い。巨大な火が焚かれているのだ。無数の火の粉が蛍のように揺らめきながら、夜空に上っていく。火の周りではカラフルな布に身を包んだ人々が酒を飲み、肉の塊を食い、大いに盛り上がっている。歌ったり楽器を演奏したり、踊ったりしている人もいる。

宴だ。饗宴が開かれている。

にぎわいに導かれるように広場に足を踏み入れた。薪の爆ぜる音と煙の匂いが近くなる。足を一歩動かすごとに、火の熱さに肌がおののくようだ。しかし、輪の外周に加わり、手を伸ばせば触れられるほどの距離になっても、人々はなぜか愛奈に気づかない。すみません、と愛奈が声を張り上げても、皆、こちらが見えていないかのようにどんちゃん騒ぎを続けている。

そうだ、自分も彼ら彼女らと食事をし、踊り歌おう。それが仲間入りの条件かもしれない。愛奈は閃き、あたりを見回すが、料理や飲みものを提供している場所がどうしても分からない。人々が熱狂している歌と踊りにも馴染めず、次第に焦燥感に駆られていく。どうしよう、どうすればいい。宴を楽しめないまま死ぬのは嫌だ。唐突に命の危機を感じ、当てもなく駆け出そうとしたとき、背後から腕を摑まれた。振り返った瞬間、愛奈は息を呑んだ。手の主が頭部を黒豚のそれにすげかえられた女性だったからだ。太く短い鼻は正面を向き、丸っこい目を守る睫毛は上向きにカーブしている。緩く折れた耳の片方には、ピンクのリボンが着いていた。自分はこの人を知っている。愛奈は相手を凝視した。自分は彼女に、なにか言ってやりたいことがあったはず。だが、炎に照らされる黒豚人間の毛の一本一本を見つめても、思い出せるのはそこまでだった。

愛奈の中で恐怖心が薄れたことを察知したのか、黒豚人間は摑んでいた腕を放した。それから、自身の手と腰を振り始める。踊っている。異様にリズミカルな動きに、愛奈はぴんときた。しかも、黒豚人間は一緒に踊ろうと誘っている。愛奈もおずおずと身体を揺すった。昔からダンスは不得手で、学校でも笑われてばかりだったが、黒豚人間の眼差しは優しい。愛奈はさらに激しく全身を動かし、気づくと盛り上がりの中心にいた。赤い布を被った男性や青い布を巻いた女性が、手を叩いたり指笛を吹いたりしてこちらをはやし立てる。愛奈が手を上げて応えると、周囲の歌声は大きくなり、追加の料理が運ばれてきた。人々の汗は宙を舞い、倒れた杯からは酒が流れた。

やがて花火が打ち上がった。光の粒が花を描き、ぱらぱらとほどけては消えていく。人々はいっそう沸き立ち、彼ら彼女らの歓声と、花火の音しか聞こえない。愛奈は子どものころに一度だけ桟敷席で観賞した、豊橋の祇園祭を思い出した。地元神社発祥の手筒花火が披露されるほか、二日目に一万発以上の花火が上がるこの祭りは毎年大変な人出で、このときも周囲の人たちが感情を剝き出しにして騒ぐ姿に驚いた記憶があった。

今、さまざまな種類の花火が連続して空に広がるのを眺めながら、自分もまた、血が沸騰するような感覚を抱いていることに愛奈は気づく。もっと花火を打ち上げてほしい。空が花火で埋め尽くされるさまを見てみたい。目の前で取っ組み合いの喧嘩が始まっても、互いの身体をまさぐるカップルが現れても、愛奈の興奮は冷めるどころか高まる一方だった。たーまやー、と愛奈が腕を振り上げると同時に、ひゅるるる、と音がして、新たにひとつ、欲望の花火が開く。ああ、なんと美しい光景だろう。

愛奈は黒豚人間を振り返り、きれいですね、と声を限りに叫んだ。

愛奈を見返す彼女の目にも真っ赤に燃える花が咲いていた。

Ａ５ランクのステーキ肉二枚が焼けている。卓上の赤外線グリルで調理しているため、煙はあまり出ない。それでも肉の表面はじわじわと色が変わり、体積は縮んで、透明な脂がプレートの溝に垂れていく。換気扇を強で回しているにもかかわらず、部屋は胃腸を刺激する匂いに充ち満ちていた。

「これ、もういいじゃない？」

「いやいや、中はまだだいぶ赤いら。レアっていうか、死体じゃん」

「いいお肉だから、大丈夫だら」

愛奈はトングでステーキの一枚を摑むと、忍の皿に載せた。ほら、これ、と岩塩の入ったミルも手渡し、食べてみりん、と笑いかける。忍は気乗りしない様子で箸を持ち、厚さ三センチの肉にかじりついた。

「どう？　おいしい？」

「……ありえんくらいにうまい」

「本当？　よかった。しーちゃん、どんどん食べりんね」

「そりゃあ食べるけど……。愛奈は食べないの？」

「もちろん食べるよ。でもほら、今日はしーちゃんを元気づける会だから」

愛奈は自分の皿にもステーキを移すと、今度はエビとホタテをグリルのプレートに載せた。部屋に満ちていた肉の匂いに潮の香りが加わる。エビは有頭で、広げた手ほどの大きさがあり、ホタテも殻つきだ。いずれも愛奈が取り寄せたものだった。別に元気ですけどね、とぶつくさ言いながら箸を動かす忍を横目に、愛奈も肉にかぶりつく。おいしい。脳が痺れるようだ。今回、自分が購入したのは一枚一万円超えの牛肉で、おいしいのは当たり前だと頭では思いながらも、人生で初めて死を意識し、かつ、味覚と嗅覚に異常をきたすかもしれないという緊張を抱えたあとに食べるステーキは、どうしたって格別に感じられた。

八月二十七日の早朝、愛奈は忍が呼んだ救急車で病院に運ばれ、新型コロナウイルス感染症の陽性者と診断された。順調に回復したこと、病床が足りていない社会の現状から――愛奈自身も三ヶ所の病院をたらい回しにされていた――入院したのは七日間で、やはり陽性の診断結果が下り、ホテルで療養していた忍もすでにアパートに戻っている。だが、どちらもまだ外に出る気にはならず、今晩の鉄板焼き会は、なにか楽しいことはないかね、という忍のぼやきを受け、愛奈が思いついたものだった。

「あ、そうだ。ジュースもあるんだった」

愛奈は冷蔵庫からマスカットのストレートジュースを取り出した。二時間前に届き、冷やしていたのだ。これは一本約一万円で、ワインボトルに翡翠色の液体が詰まった見た目からして高級品然としていた。だが、このジュースを飲むために買った、二客で一万五千円のグラスが見つからない。そういえば、まだ包みを開封していなかったと思い出し、急いで玄関に向かった。

「なにしとるの?」

忍の声が追いかけてくる。グラスを探しとる、と返し、玄関にあった段ボール箱のひとつをまずは適当に手に取った。軽い。これは違うだろう。次にその下の箱を持ち上げる。小ぶりのわりに重い。これだろうか。愛奈は箱を閉じているガムテープを手で引き裂いた。

「グラスなんて、家にあるのを使えばいいいら」

「でも、せっかく買ったから」

しかし、中に収まっていたのは有機果実の缶詰だった。目当てのグラスは、その次に開けた段ボール箱に入っていた。ほかにも手つかずの荷が、玄関にはあと十数個積まれている。すべて退院した日から今日までの三日間に、愛奈が当日便まで駆使し、置き配指定のネット通販で購入したものだ。あまりの買いものの頻度に、不正利用ではないかと、クレジットカード会社からは問い合わせを受けていた。一部食品のほか、今夜の鉄板焼き会に必要なものと、三十二インチ型の液晶テレビにゲーム機本体、そのソフト二本は届いてすぐに開封したが、浄水器やたこ焼きプレートつきのホットプレートに至っては箱から出してもいない。新型コロナウイルスに罹患してからというもの、単純な物欲とは一線を画した、金をむやみやたらに使いたいという衝動が愛奈の中で炸裂していた。商品によっては転売品に手を出し、Uber Eatsで都内名店の寿司を注文したこともあった。

これまでとは一変した愛奈の消費行動に、忍は戸惑いを隠そうとしなかった。あんたが当てた五百万円って、大金のようで大金じゃないだでね、と忠告めいた言葉も何度も口にした。だが、愛奈がそれで大人しくなるとも思っていなかったようだ。愛奈って、ときどき暴走スイッチが入るよね、と諦めたような目で呟かれたとき、愛奈は短大時代のほんの数日、自分が「トーマス」と呼ばれていたことを思い出した。保育園に実習に行った際、背中に青痣のある子どもを発見して、その園の保育士にも短大の先生にも相談しないまま、児童相談所に通告したことがきっかけだった。一人突っ走った愛奈の姿から、クラスメイトは「暴走機関車」という単語を連想し、最終的に「きかんしゃトーマス」に行き着いたらしかった。

愛奈は箱から出したグラスを洗い、改めて忍と乾杯して、ちょうど焼き上がったエビとホタテを食べた。冷凍庫にはまだフォアグラもあるが、そこに辿り着くより先に、二人とも体力の限界を感じた。体調はほぼ普段どおりにまで回復したが、とにかく疲れやすくなっていた。忍は昨日届いたばかりの Yogibo に上半身を預けると、リモコンでテレビを点けた。軽やかな音楽が流れてきて、色とりどりの衣装を身に着けた人々が画面に映し出される。頭の飾りが、舞台が、車椅子が、電飾で光り輝いていた。

「あー、パラリンピックの閉会式か。今日だっただね」

「パラリンピックが始まったことも知らんかったわ」

忍の声は淡々としていたが、チャンネルを替えようとはしなかった。一年延期してなお疫禍のもとで催されたスポーツの祭典が、今まさに終わりを迎えている。愛奈は東京で開催することにずっと反対していたが、もはや悔しさも喜びも感じない。視界の端で閉会式を眺めながら、スマートフォンでネットバンキングのアプリを開いた。残高は、入院前とは比べものにならない速さで減っている。この三日の買いもののぶんの引き落としはまだだが、愛奈が寄付に費やす金額も増え、医療従事者を支援するプロジェクトには、退院してすぐに、一日の振込限度額である二千万円を振り込んでいた。Twitterで〈ほしい物リスト〉と検索し、見ず知らずの相手に贈りものをする活動も再開した。ただし、どんな人間がなにを欲しているのか、その正当性は判断しない。検索結果に表れたURLを無作為に開き、深く考えずに手続きしている。トーテムは、情報があるほど、人は他人をジャッジしたくなる、と言った。だが、「本当の贈与」を実行するには、入ってくる情報を減らすだけでなく、返礼や審査を求める心が追いつけない速度で、扱いきれない量の贈りものをするという方法もあるはずだ。

それに、愛奈にはもう、生活に困難を抱えている人に米を手配することと、裕福な学生にゲーミングチェアをプレゼントすることとの違いが分からなかった。四の五の言わずに、双方に応じればいい。自分にはその財がある。だいたい、正しくあろうとする自分の気持ちもまた、欲望のひとつに過ぎないのだ。

「あ、そうだ」

忍がYogiboにもたれたまま口を開いた。

「私、今月中に実家に帰るわ。お兄ちゃん一家には嫌がられるだろうけど」

「えっ、なんで？　しーちゃん用の寝袋も買ったのに」

「ちゃんと働こうと思って」

「ちゃんとって？」

「いや、今までのバイトもれっきとした仕事だと私は思っとるよ。でも、もういい年だでね。いろんな意味で、次は安心できるところで働きたい。実家に住むなら給料面の条件も下げられるだろうし、豊橋で探してみるわ」

忍はテレビから視線を外さずに、推しもおらんくなったし、と付け足した。愛奈の救急搬送に付き添った忍は、当然、Chips! のラストライブには行けなかった。そのことに気づいたとき、愛奈は絶交される覚悟で謝罪のメッセージを送ったが、意外にも忍からの返事は、〈私が愛奈にうつしたんだろうし、文句は言えんわ〉とさっぱりしたものだった。以来、忍はおそらくアカツキとの写真を見ていない。Chips! の歌も聴いていない。無理をしているのではないかと愛奈は心配だったが、一方で、届いたばかりのゲームをプレイしているときの楽しげな様子は、まんざら演技でもないような気もしていた。

「寂しくなるね」

「ならんら。あんたはこれから私の借金を取り立てるだよね？　それに、よく考えりんよ。このくそ狭い部屋に二人で住み続けるのは無理があるら」

「あ、じゃあ、私、家を買おうかな。しーちゃんがいつでも泊まりに来られるように。

マンションでもいいよね」

「それは、東京に？」

「うん」

「馬っ鹿じゃないの。エリアとかにもよるけど、五百万なんて頭金の足しにもならんら。頼むから、もうちょっとしっかりしりんよ」

忍がしかめっ面で首を振る。そうだね、と愛奈は笑った。だが、頭には、夜景が見事な高層マンションで、忍とパーティを繰り広げる自分の姿が思い浮かんでいた。

シャンデリアの光が溢れる部屋は天井が高く、大きなスピーカーからはクラシック音楽が流れている。中央のガラステーブルは生花で飾られ、キャビアや生ハム、寿司やピザやローストビーフなど、世界各国の食べものが並んでいる。愛奈は真っ黄色の、忍は赤いドレスを身にまとい、髪もそれぞれセットしている。そうだ、家族や親戚、昔の知り合いや千石も招待しよう。部屋がたちまち人で溢れた。父親と母親は夜景にはしゃぎ、妹はスイーツ類の美しさに興奮している。叔父と叔母は忍に温かな視線を注ぎ、忍の兄の子どもがあたりを駆け回っている。ワインボトルを手に取りラベルを眺める沢井と、インテリアに興味津々な、このコロナ禍に恋人と旅行に行った元同僚。テーブルに落ちた花びらを摘まんでいるのは千石だ。皆、楽しそうに笑っている。乾杯、と愛奈が華奢なシャンパングラスを掲げると、ガラス同士のぶつかる涼やかな音が輪唱のように響いた。

アパートの玄関の向こうで音がした。また宅配便が来たようだ。配達完了メールを受信したらしく、愛奈のスマートフォンが震え出す。今、ドアの外に置かれたばかりの段ボール箱の中身は、LEDランタンか、それともアロマディフューザーか。愛奈にはもう、注文した商品のうちのなにがすでに届き、なにをまだ受け取っていないのかが分からない。

相田愛奈の銀行口座には、まだ一億五千万円が入っている。

◎奥田 亜希子（おくだ・あきこ）
一九八三年愛知県生まれ。愛知大学文学部哲学科卒業。二〇一三年『左目に映る星』で第三七回すばる文学賞を受賞し、デビュー。二〇二二年『求めよ、さらば』で第二回「本屋が選ぶ大人の恋愛小説大賞」を受賞。ほかの著書に『ファミリー・レス』『五つ星をつけてよ』『青春のジョーカー』『愛の色いろ』『白野真澄はしょうがない』『クレイジー・フォー・ラビット』『夏鳥たちのとまり木』などがある。

【初出】
「すばる」二〇二三年五月号
なお、単行本化にあたり、加筆修正を施しています。

ポップ・ラッキー・ポトラッチ

二〇二四年四月二六日　初版第一刷発行

◎著者＝奥田《おくだ》亜希子《あきこ》　◎装画＝髙橋あゆみ　◎ブックデザイン＝森敬太（合同会社飛ぶ教室）　◎編集＝寺谷栄人　◎発行者＝マイケル・スティリー　◎発行所＝株式会社U-NEXT／〒一四一・〇〇二一　東京都品川区上大崎三・一・一　目黒セントラルスクエア／電話＝〇三・六七四一・四四二二（編集部）／〇四八・四八七・九八七八（受注専用）

◎印刷所＝シナノ印刷株式会社

ISBN:978-4-911106-21-1 C0093 定価（本体900円＋税）